Fan
ファン文庫

浄天眼謎とき異聞録　上

明治つれづれ推理《ミステリー》

著　一色美雨季

もくじ

序話《プロローグ》

井戸からポンプで汲み上げたばかりの水に、赤い塊が滲《にじ》むようにして映っていた。

北原由之助《きたはらゆのすけ》は目を凝らし、桶の中のざわめきが落ち着くのをじっと待つ。

水に映っていたのは、一輪の椿《つばき》の花だった。ふと頭を上げれば、はるか上、古い椿の木に、一輪の赤い花がついていることに気づく。

――春が近い、と由之助は思う。

木に春と書く椿は、その字のごとく春を呼ぶ花だ。この花が咲くと、次は梅、その次は桃に桜と、順々に春の花が咲き始める。

しかし、吐き出す息はまだまだ白い。こうして井戸のそばに立っているだけでも身ぶるいがする。春はまだ遠い。由之助は桶の汲み水で顔を洗うと、手拭いで素早く顔を拭った。

「由之助様」

名前を呼ばれ振り返ると、女中の根本千代《ねもとちよ》が立っていた。

「おはよう、千代さん」

「おはようございます。あの、お寒いのではございませんか？　わざわざ井戸の水を使わずとも、洗面所の水道水をお使いになればよろしいのに」

「ええ。でも、この方が身が引き締まるような気がして」

「どうか、お風邪をお召しになりませんように」

はい、と由之助は返事をする。ひょんなことから転がり込み、もうふた月になる。この広い屋敷での生活にもすっかり馴染んだ。

千代はまだ若い（といっても、由之助よりはずっと年上だ）が、この家には勿体ないほど出来た女中だ。もとは百姓生まれで、子供の頃から畑仕事ばかりしてきた山出し女中だと聞いたが、色白の整った顔立ちに折り目正しい所作も相まって、とてもそんな田舎の出には見えない。

井戸水で湿った手拭いを千代に手渡すと、千代はちらりと由之助に意味ありげな視線を向けた。

「なんですか？」

「あの……実は、まだ若旦那様がお目覚めにならないのですが……」

またか。

ふう、と嘆息し、由之助は長い廊下を足早に、若旦那――屋敷の主である魚目亭燕石《ぎょもくていえんせき》の居室に向かう。

燕石は色々と面倒な人間だから、由之助以外は起床を促すことができないのだ。

「まだ寝てるんですか！　いい加減に起きてください！」

スパン！と、小気味いい音を立てて障子を開けると、若旦那は亀のように、のっそりと布団から顔を覗かせた。

「やあ、おはよう、由之助。お前は今日も朝から元気だねえ」

「そんなことどうでもいいから、さっさと布団から出てください！　朝餉《あさげ》が冷えてしまうって、千代さんが困ってますよ！」

「あー……」

餌を喰らう鯉《こい》のようにぽっかりと口を開けて、若旦那は急に視線を宙に泳がせた。

「朝餉……朝餉ねえ……。なあ由之助、私はこういう性分だから、夜も朝もないというか、いや、朝餉や夕餉《ゆうげ》がいらないというわけじゃないんだが、なんというか、こう……ほら、分からないかい？　つまり私は、寝るのも起きるのも曖昧なのがいいというか……」

ぶつぶつ言いながら、若旦那はゆっくりと布団の中に頭を潜り込ませる。つまりは朝寝が好きなのだと言いたいのだろうが、そうは問屋が卸さない。

由之助は両手で布団の端を摑《つか》んだ。そして、「いい加減にしてください！」と、布団をひっぺがえそうとした、その瞬間。

布団の中に潜り込んでいた若旦那の手が、急に由之助の手首を摑んだ。

あっ！と思った時には、もう遅い。

若旦那は布団からぴょこりと頭を出すと、子供のようにニヤリと口の端を持ち上げた。

「なんだい、由之助。昨夜は、随分と〝かわいい女の夢〟を見たようだなあ」

「……！」

若旦那の言葉に、由之助の体は石のように固まった。

が、フフンと勝ち誇った若旦那の笑顔に、その強張りも一瞬にして解ける。

「勝手に〝見る〟のはやめてくださいって、いつも言ってるじゃないですかあ！」

静かな屋敷の中に、由之助の叫び声が響き渡った。

たがそでの椿

「由之助さんを、少しばかり貸してはもらえないだろうか」

そう言って、警部補の相良光太郎《さがらこうたろう》が由之助の実家を訪れたのは、今からふた月ほど前の、師走に入ったばかりの寒い日のことだった。

由之助の実家は、浅草界隈で『大北座《おおきたざ》』という劇場を経営していた。もともとは両国で手妻師《てづまし》――西洋では手品師《マジシャン》というらしい――の一座をまとめていたのだが、時代の変化に伴い、先代の頃より芝居興行に商売替えをしたのだ。

大北座と警部補の相良。一見すると無関係のように思えるが、実はそれなりに親密な付き合いだ。

大北座は、名のある華族や文人墨客《ぶんじんぼっかく》も足繁く通う劇場で、芝居が跳《は》ねる時間になると、劇場前には、上客を狙う高級街娼、そのおこぼれをくわえ込もうとする下衆な淫売婦、スリ、タカリ、そのほかの悪漢などが押し寄せた。

基本的に劇場外でのことは大北座には関係ないのだが、時にはやむなく巻き込まれてしまうこともあり、そういった際は〝特別に〟相良の世話になっているのだ。

「ちゃんと理由を言っていただかないと、うちの由之助を貸すわけにはいきませんよ」

すっとした切れ長の目を僅かに細め、そう言ったのは、大北座の経営者、北原由右衛門《ゆうえもん》だ。

「こうしてわざわざいらっしゃったということは、なにか退《の》っ引きならない事情があってのことでございましょう？　そうでなければ、なにもうちの由之助を使わなくたって、相良さんの配下に命じればいいだけのことですからねえ」

劇場の頭取室で、優雅かつ風格たっぷりに腰を据える由右衛門は、今年三十四になる由之助の腹ちがいの兄だ。所帯を持ってはいるが子宝には恵まれず、十八も歳の離れた弟を我が子のようにかわいがっている。

そして、由之助を溺愛しているのがもうひとり。

「そうですよ。それに、由之助さんはうちの大事な跡取りですからね」

そう口を挟んだのは、由右衛門の妻で副頭取の、北原初江《はつえ》である。

「劇団の若い裏方衆ならともかく、お貸しするのが由之助さんとあっては、こちらも即答は致しかねます。そもそも、相良さんは〝少しばかり〟と仰いますが、正しい期限を切ってもらわないと、本当に〝少しばかり〟なのかどうか分かりかねますよ。……と言いますかね、こうやって丁寧に頭を下げに来たってことは、本当は〝少し〟で済むような話じゃないんでしょう？」

ねえどうなんです？と捲《まく》し立てるような初江の言葉に、相良は珍しく苦笑いを浮かべた。

初江の由之助に対する溺愛は、由右衛門の由之助に対するそれとは度合いがちがう。由之助の年齢には不相応ともいえる過保護っぷりなのだ。

「まあ、初江さんが心配するのも無理はない」

初江の性分をよく知っている相良は、これも想定内のことだと言わんばかりに口の端を上げた。

「仰るとおり、私の言った〝少しばかり〟に期限なんてものはありません。ほんの半日になるか、ひと月になるか、ふた月になるか、それとも何年にもなるか……。ええ、勿論、その間の給金はきちんとお支払いしますので」

「お給金の問題じゃございませんよ。とにかく、由之助さんになにをさせるお考えなのですか？」

「それは、引き受けると言ってくださらないと教えられないんですよね」

まあ、と、初江は口をへの字に曲げ、体を斜に構える。あからさまな拒絶の姿勢だ。

相良は、由右衛門のそばに控えていた由之助にちらりと視線を向けた。そして、「まあ、胡散臭《うさんくさ》いと思ったら、断っていただいても構わないんですが」とつぶやいた。

真一文字に口を引き結び、由之助は相良の顔を窺うようにじっと見る。

由右衛門より年下の相良は、一見、本当に警察官なのかと疑いたくなるほど穏やかな好青年なのだが、職業柄か、その佇まいには隙がない。「断ってもいい」と言ったのも、おそらく駆け引きの言葉だろう。本当は、そんなつもりなどないはずだ。

――断るか。断るべきか。断った方がいいだろう。ああそうだ、だって、きっとまともな話じゃない。……でも。

この意味不明な〝少しばかり〟に、由之助の好奇心は大きくくすぐられた。

「あの、ひとまずご用件をお聞かせくださいませんか？」

そう切り出すと、相良は引っかかったとばかりに表情を崩した。

「ということは、引き受けてくれるんですね？」

「いえ、ですから、それはお話を聞いてから」

困ったなあ、と相良は頭を掻《か》く。しかし、このままでは話が進まない。

相良は思案げに眉根に皺《しわ》を寄せると、少し前屈みになり、重々しく口を開いた。

「――人助けを頼みたいんですよ」

「それだけですか？」

「駄目ですか？」

「はい、ちょっと……」

ふむ、と相良は眉間に皺を寄せた。そして僅かの沈黙のあと、「――では、ここからの話は、他言無用で」と言って、ポンと膝を叩いた。

「由之助さんは、日本橋の『燕柳館《えんりゅうかん》』という料亭はご存知ですか？」

「はあ、名前だけなら。腕のいい料理人がいる大きな料亭だと、噂を聞いたことがありますが」

「助けてやってほしいのは、その燕柳館の跡取り息子のことなんです」

その言葉に、由右衛門の片眉がピクリと動いた。これは只事ではないと、由之助も息を詰める。

燕柳館といえば、日本橋界隈でも一、二を争う高級料亭だ。皇族議員がお忍びで通っているとの噂もある。その燕柳館の跡取り息子が、どうして由之助の手を借りたいと言い出したのだろうか。

「燕柳館の跡取り息子とはいっても、今は家を出て、深川《ふかがわ》の別宅で細々と戯作小説などを書いておりまず。その男を跡取り息子だの若旦那だのと言ってるのは周囲ばかりで、本人にはまったくその気がないそうで」

「――で、俺は、その方をどのように助ければいいのですか？」

「いいえ、難しいことじゃないんですよ。少しばかり、目と足になってやってほしいんです」

目と足。

奇妙な相良の言葉に、由之助と由右衛門は顔を見合わせた。すかさず初江が、「勘弁してくださいよ」と口を開く。

「戯作小説で身を立ててるってことは、その燕柳館の若旦那って人、もういい大人なんでしょう？　だったら、自分の足で歩いて、自分の目で見ればいいんです。それを他人にしてもらおうだなんて、物ぐさが過ぎますよ」

「そういうわけにもいかないんですよ。どう言えばいいのか……若旦那は、少しばかり体に難があるお人でしてね」

「難？　ご病気持ちなんですか？　それじゃあ相良さんは、由之助さんに看病を頼みたいと仰るので？」

「いいえ、そうじゃないんです。体に難があるとはいっても、多少外出が難しいだけで、看病の必要があるわけでは」

「なら、目と足になってほしいってのはどういうことなんです？　その若旦那って人は、一体なにを患っていらっしゃるんですか？」

すると、急に相良は口を噤《つぐ》んだ。そして、「申し訳ないが、それ以上は言えません」と頭を下げた。

「あら、それってどういうことなんです？」

「ですから、言えないものは言えないんです。そもそも、誰にも言えないことだから、こうして頭を下げに来たんです。なんていったって、こちらの方の口の堅さは、折り紙付きですから」

言いながら、相良は、ちらりと扉の方を見た。

摺《す》り硝子《ガラス》の嵌《は》め込まれた木製扉の向こうには、劇団員達の楽屋がある。その視線がなにを意味するのか、経営者一族である由之助達が分からないはずがない。

大北座の劇団員の八割は、女優で占められている。

芝居のうまい者、歌声の素晴らしい者、踊りに特化した者など、演目によって配役を振り分けるのだが、その主役級の人気女優の殆どが、上流階級の客から〝パトロネージュ〟を受けている。

パトロネージュとはつまり、女優業に対する後援行為のことだ。れっきとした芸術支援活動なのだが、パトロネージュを受けた女優達は皆一様に、見返りのごとく支援者の〝ロレット〟——妾《めかけ》や私娼となる。

勿論、大北座が女優達のロレット化を推奨しているわけではない。しかし、そうなってしまうのは男女の常。さらに言えば、美しいロレットほしさに近づいてくる成金男だっているし、金持ちのロレットとなり、成り上がりを目指す女優だっている。

不当なパトロネージュならともかく、個人の利害が一致したパトロネージュ及びロレット契約であるならば、それは大北座が口を出す問題ではない。だから由右衛門達経営者一族は、本人達に対しても、外野に対しても口を閉ざすのだ。

しかし、それでも問題が起きてしまうことがある。劇場前に押し寄せる、ロレットになりたい街娼に淫売婦、そして、淫猥な醜聞をダシに強請《ゆす》るタカリ。

勿論、上流階級の客はその辺のあしらいも手なれたものなのだが、時には思わぬ面倒事に発展してしまうこともある。そういう時の相良警部補なのである。

「上流の旦那達に大北座の女優が人気なのは、由右衛門さん達の口の堅さとお人柄もあるんですよ。どんなお大尽《だいじん》だって、人に知られたくないことのひとつやふたつ持っていますからね」

相良は由之助に視線を定め、意を決したように、

「燕柳館の若旦那は、誰にも言えない〝秘密〟を抱えてるんです。頼めるのは、もう由之助さんしかいないんですよ」

と言った。

由之助は無言で俯いた。これはかなり厄介な話のような気がする。人助けをしてあげ

たいのは山々だが、万一しくじった際には、兄夫婦、ひいては大北座に迷惑をかけてしまうのではないか。

——断った方がいい。断らなければならない。

そんなことをグルグルと考えていると、「まずは半日だけでもいいんですよ」と、相良の囁くような声が由之助の耳に届いた。

「なにも気負って考えることはありません。嫌だと思ったら、すぐに辞めて帰ってしまえばいいんです。燕柳館の若旦那も、無理に引き止めたりはしないでしょうから」

「でも」

「もし半日でも引き受けると言ってくださるんなら若旦那の〝秘密〟をお話しします。ええ、なにも知らないで若旦那に会うのは由之助さんだって不安でしょうからね。——さて、どうでしょうか。半日。たった半日でいいんです。私の顔を立てると思って、若旦那を助けてはくれませんか？」

半日。たった半日。

その短い言葉が、由之助の耳にこびりつく。相良は、それに追い打ちをかけるように、そっと囁いた。

「由之助さんだって、たまには、劇場の外の生活も見てみたいと思ってるんじゃないですか」

「――分かりました。お引き受け致します」

思わず頷いた途端、「由之助さん！」と初江の金切り声が飛んだ。間髪容れずに由右衛門が、「安請け合いしやがって」と大きな溜め息をつく。

相良は、窺うように由右衛門を見た。

「由之助さんはこのように仰っていますが、よろしいでしょうか？」

「――まあ、口に出してしまったものは引っ込ませようがありません。由之助も十六ですし、家業以外のことを経験してみるっていうのも、きっと今後のためになるでしょう。でもね、相良さん、これだけはしっかり約束してくださいよ。〝半日〟です。由之助が少しでも嫌だと思ったら、半日で帰してやってください。由之助になにかあったとあっては、私達夫婦は、死んだこいつの両親に申し訳が立ちませんので」

「由右衛門さんも、初江さんに負けず劣らず過保護ですね。どうかご安心ください。なにも危険な目に遭わせようって腹はありませんので」

相良は快活に笑った。そして急に真顔になる。

「これから言うことは燕柳館の若旦那の〝秘密〟です。くれぐれも他言無用でお願いします」

相良は頭を下げ、再び扉の向こうに注意深く視線を飛ばした。

そして、摺り硝子に人の影がないことを確認してから、ゆっくりと口を開く。

「実は……燕柳館の若旦那は、〝浄天眼《じょうてんがん》〟なんです」

§

燕柳館の若旦那――戯作者としての筆名を魚目亭燕石と名乗る男は、朝の膳を前に、両手で自分の額を押さえていた。

「急に殴ることはないと思うんだが」

恨めしそうな燕石の言葉に、由之助は「『今から殴るぞ』なんて宣言してから殴る奴なんていないと思います！」と、味噌汁をすすりながら不機嫌に返す。

「それにしたってなあ……」

「それにしたってなんですか？　そもそも『悪戯《いたずら》で浄天眼を使うな』って、燕柳館のお父上にきつく言われているんじゃなかったんですか？」

由之助の言葉に、燕石は子供のような笑みをこぼした。

浄天眼は〝千里眼〟とも呼ばれ、その場から動かずとも千里先を見とおすことができる摩訶《まか》不思議な力のことだ。

仏教の神である広目天《こうもくてん》が持つ特殊な力とも言われているが、燕石の場合は、相手に触れただけで、頭の中から記憶や感情を読み取ることができるのだという。

当然、それは普通の人間にはあるはずのない力なわけで、だからこそ燕石は、実家の家業などお構いなしに、この別宅に引き籠っているのだが。

「たまには外の空気を吸ってみたらどうです？　とくに朝は気持ちいいですよ」

「嫌だね。私は早起きも嫌いだが、冬の冷たい風も嫌いなんだ」

引き籠りを憂鬱に思うのではなく、むしろ楽しんでしまっているのが、この燕石の厄介なところだ。

ふう、と溜め息をついて、由之助は膳の上に箸を置く。

人の心を見透かす能力を持っているだけに、どうしようもなく厄介な存在ではあるが、それでも燕石は憎めない男だ。事実、たった半日のつもりで来たのに、あっという間にふた月が経つ。

高級料亭の若旦那という立場を捨ててしまっているあたり、燕石は身分や格式にこだわりがない男なのだろう。十も年下の由之助に対し、「敬称は必要ない」と、対等の間柄として扱っているのも面白い。

「なあ由之助。あのお前の夢に出てきたかわいらしい娘は誰だい？　もしかして、大北座に置いてきたとかいうお前の許嫁《いいなずけ》かい？」

「だったらどうなんです？　会いたいんですか？」

「まさか。私がそんなことを言うはずがないだろう？」

もっともだ、と由之助は思う。燕石がそんな性分であれば、由之助の助けなど必要とはしないだろう。

戯作者というのは、文章の中に人物と情景を描き出す商売である。燕石曰《いわ》く、大抵は頭の中で作り上げたものを描くことが多いのだが、それだけだと偏った話になってしまう。嘘の物語の中にも、やはり真実味がほしい。そのためには広く世間を知らなければならない、のだそうだ。

人間の心理を知り、世間を深く理解するには、燕石の浄天眼はなによりも役に立つだろう。けれど燕石は、「疲れる」だの「面倒だ」などと文句を言って、外出を嫌う人間だ。だからこそ、自分の目や足の代わりになる〝世話役〟が必要となる。由之助のように口が堅く、しかも好奇心旺盛な若者が〝世話役〟としてそばにいれば、燕石の知識欲を満たすことができるからだ。

もっとも、お世話役をほしがる理由はそれだけではないのだが……。

「千代さん、朝餉が終わりましたよ」

はい、と小さな声が、障子の向こうから聞こえた。

千代は、燕石が燕柳館から連れて来た女中なのだという。大勢いる燕柳館の奉公人の中から、どうして千代が選ばれたのかは知らない。男女の関係を疑ったこともあるが、由之助が見る限り、そういう感じでもないようだ。

というのも、ふたりは会話をすることも、顔を合わせることもないからだ。

これが、もうひとつの理由である。千代との間に誰かを挟まなければ、燕石の生活が成り立たないのだ。

「由之助が来てから楽になったよ。以前は、短冊に用事を書いて、障子の隙間からスッと差し出さないといけなかったからねえ」

まあそれも仕方ないか、と由之助は思う。

触れさえしなければ常人と変わらないとはいえ、やはり他人の頭の中が分かる主人など、普通の——しかも千代のように若い女なら、恐れて当然だ。

事実、由之助も、「お前は私のことを恐れない数少ない人間だ」と燕石に言われたことがあるくらいなのだから、過去にたくさんの人にそう避けられてきたのかもしれない。

さて、と立ち上がり、由之助達は隣の続き間に移る。膳の片付けをする千代が、燕石と顔を合わせないようにするためだ。

続き間は、燕石の寝室と書斎を兼ねていた。

室内には西洋本から和綴《わと》じの草双紙《くさぞうし》まで所狭しと重ねられ、文机の周辺と布団を敷く空間だけが、ぽかんと空いている。これだけ広い屋敷なのだから、寝室と書斎は別にすればいいと思うのだが、この燕石という男は、部屋から部屋へ移動するだけでも億劫《おっくう》だと思ってしまう性分らしい。

「由之助、今日は遣いを頼まれてくれないか。薬種屋に行って、軟膏《なんこう》を買ってきてほしいんだ。ペンを持つ指にあかぎれができてしまってね」

文机の横の火鉢の前に腰を下ろすなり、燕石は言った。

「それから、燕柳館に行って、大番頭の喜助《きすけ》さんから本を受け取ってきてほしい。古い本なんだが、うっかり、こっちに持ってくるのを忘れてしまってね。ついでに街をぶらして来ておくれ。若い娘の間で流行《はや》っているとかいう、前が膨らんだ庇髪《ひさしがみ》というのを見てきてくれると助かる」

分かりました、と由之助は頷く。

前者はただのお遣いだが、後者は戯作のネタ集めだ。

義姉《あね》の初江が聞けば、きっと「馬鹿馬鹿しい仕事」と一蹴することだろう。けれど由之助は、存外この仕事を気に入っていた。

相良の言うとおり、初江の過保護は度を過ぎていた。実を言うと、由之助は、ここで暮らすようになるまでひとりで外出したことが一度もなかった。外出する時は常に劇団の裏方衆が一緒で、帰宅してからもどこでなにをしていたのか、兄夫婦に逐一報告しなければならなかったのだ。

物心ついた時からそういう生活をしてきたし、それを窮屈だと思ったことはなかったが、こうして燕石の世話役をするようになってからは、実はあれは窮屈な生活だったのではないかと思うようになった。誰の監視もなく気ままに動き回ることが、こんなに楽しいことだなんて知らなかったのだ。

「では、行ってきます」

立ち上がると、由之助は燕石にあてがわれた自分の部屋に行き、上着と襟巻《えりまき》を身に着けた。

玄関に向かい、沓脱《くつぬ》ぎ石の上に置かれた革靴に足を突っ込む。

ふと、由之助は背後に気配を感じた。振り返ると、いつの間にいたのか、千代が「行ってらっしゃいませ」とにっこり微笑んでいた。

「行ってきます」

由之助はもう一度言うと、元気よく引き戸を開ける。

冷たい風に、朝の光がまぶしく見えた。

燕石に言われたとおり、由之助は指定された薬種屋に行き、小瓶に入った軟膏を購入した。

その足で、燕柳館に向かう。

大きな松の枝が覆い被さる門を潜《くぐ》り抜けると、店から出て来た女中らしき娘が、すぐに由之助を母屋へと案内してくれた。店の裏にある母屋には柔和な笑みを浮かべた大番頭が待っていて、「これでございますね」と、風呂敷に包んだ本を手渡してくれる。

「別宅の若旦那様はお元気でいらっしゃいますか」

「はい。毎日忙しそうに文机に向かっておられます」

然様《さよう》でございますか、と、大番頭は嬉しそうに微笑んだ。大番頭は先代の頃に丁稚奉《でっちぼう》公《こう》から店に入った人で、燕石のことも赤ん坊の頃からよく知っているらしい。「なにかありましたら、遠慮せず仰ってください」と浮かべる笑顔が好々爺《こうこうや》そのものだ。

燕石のご両親によろしくお伝えくださいと言って、由之助は燕柳館をあとにする。

次は、街の散策だ。

以前から行ってみたいと思っていた裏路地の蕎麦屋《そばや》に入り、腹を満たしたところで、街をぶらぶら練り歩く。

ちょうど正面から、庇髪に大きなリボンをつけた女学生が歩いて来たので、すました顔でその様子を目に焼きつける。できれば洋装のご婦人にも会いたかったが、時間帯もあってか、さすがにそういう女性を見つけることができなかった。

活気のある街を、春まだ遠い寒風が吹き抜ける。

ようやく由之助が帰路についたのは、夕飯時より少し前の頃だった。

深川の別宅に戻ると、玄関の上がり框《かまち》に若い制服警官が腰かけていた。相良の配下で、二等巡査の岡田《おかだ》だ。

岡田は由之助を見るなり、「やあ」と右手を上げた。

「お出かけでしたか？　忙しそうですね」

定期的に大北座に巡回に来る縁で、由之助と岡田は旧知の間柄だ。仕事柄もあってか、岡田は厳つい顔をしてるが、中身は素朴で人懐っこい。

「燕石の遣いをしてきました。そういう岡田さんは、ここでなにを？」

「相良警部補のお供です。外で待っているように言われたんですが、千代さんが、風邪を引くといけないからって、中に入れてくれたんですよ」

「外は寒いですからね」

「はい。千代さんって優しい方ですねえ」

鼻下長紳士《びかちょう》よろしくデレデレする岡田に、由之助は苦笑する。千代のような淑《しと》やかな美人に声をかけられると、厳しくあるべき警官もこうなってしまうものなのか。

沓脱ぎ石の上に革靴を揃えると、屋敷の奥の方から、なにやらいいにおいがしてきた。すん、と鼻を鳴らすと、「鰯《いわし》のつみれ汁だそうです」と、岡田がそっと耳打ちする。

「ついでに、夕餉も食べさせてくれるように頼んでもらえると助かります」

「それは、燕石の気分次第だと思いますよ」

あの燕石のことだから、とくになにもない限りは「食べていけ」と言うと思うし、あの千代のことだから、それを見越して多めに作っていることはまちがいないと思うが、家主でもない由之助が断言するわけにもいかない。

廊下を数歩進んだところで、ふと由之助は足を止める。

いつもならすぐに燕石の部屋に行って帰宅の挨拶をするところだが、今は遠慮した方がいいだろう。岡田まで連れて来たということは、きっと込み入った話をしているにちがいないから。

ひとまず自室に帰ろうと踵《きびす》を返したところで、「由之助さん」と声をかけられた。足音に気づいた相良が、燕石の部屋から出て来たのだ。

「お帰り。ちょうどよかった、君からも燕石に言ってやってくれないだろうか」

珍しく、相良は険しい顔をしていた。

「なにかあったんですか？」

「一大事だよ。もう頼れるのは燕石しかいないってのにね」

なんだかよく分からないまま、由之助は部屋に通される。

書物が積み上がった部屋の真ん中で、燕石は眉間に皺を寄せたまま腕組みをし、真一文字に口を引き結んでいた。

事情が飲み込めないまま、由之助は相良と一緒に腰を下ろす。

燕石はちらりと由之助を見ると、「誰になにを言われようが、嫌なものは嫌なんだよ」とつぶやいて、また口を引き結んだ。

「なにがあったんですか？」

由之助が聞くと、相良は「待ってました」と言わんばかりに、傍らに置いた風呂敷包みを引き寄せた。

紺色の、ずいぶん使い古された風呂敷だ。相良は荒っぽく結び目を解く。

中から現れたのは、白地に赤い椿の花が描かれた女物の片袖。

「たがそで……ですか?」

〝たがそで〟とは〝誰が袖〟と書く、女好みの絵柄のことだ。

絵画の世界では、小袖を衣桁《いこう》にかけた様子を描いたもののことを言い、屏風絵などに多く用いられる古典的な絵柄だ。また、片袖だけを描いたものも〝誰が袖〟と言い、こちらも着物や器の絵付け、そのものの形をしたにおい袋などが若い娘達の間で人気だ。

——でも、これは。

「由之助さんには、これが、そんな優雅なものに見えますか?」

思わず由之助は息を詰める。

色褪せた紺色の風呂敷にのせられたそれは、〝誰が袖〟ではなく〝ただの片袖〟だ。それも、乱暴に引きちぎられ、水草と泥染みがこびりついた、ボロボロの袖。

「吾妻橋《あづまばし》近くの川土手で見つかった袖です」

低い声で、相良は言った。

「そこから下って暫《しばら》く行ったところに、若い女の亡骸《なきがら》が上がりました。この袖の持ち主です」

亡くなったのは鶴田屋《つるたや》という材木問屋の娘で、名を志乃《しの》という。界隈では美人と評判の高い娘だが、実は鶴田屋の主とは血が繋がっていない。というのも、志乃の母親は鶴田屋の後妻で、志乃はその連れ子だからだ。

鶴田屋には、もうひとり、子供がいた。亡くなった先妻の子で、名を佐太郎《さたろう》という。志乃よりひとつ年下の佐太郎は、近く嫁を取り、身代《しんだい》を継ぐ予定となっていた。

「姉が嫁にいくより先に、弟が嫁をもらうとは珍しいですね」

「志乃は、〝器量よし・頭よし・性格よし〟の三拍子揃った娘でしてね。引く手数多《あまた》、引きも切らない縁談の話を、鶴田屋がじっくり吟味してる最中だったんですよ」

そして、志乃が亡くなったのは、その矢先のことだったという。

「遺体が川土手で見つかったということは、事故か……身投げ、ですか？」

「それがよく分からないんですよ」

ふう……とひとつ、相良は大きな溜め息をつく。

「その片袖が見つかった場所から上ってすぐの吾妻橋に、女物の草履がきちんと揃えて置いてあるのが見つかりました。この草履は、死んだ志乃のものでまちがいありません。問題は……その隣に、男物の草履も並べられていたということなんです」

「男物の草履？　では、ただの身投げではなく心中だったということですか？」

「そうかもしれませんか、まだはっきりとは分かっていないんです。……というのも、どれだけ捜索しても男の遺体が見つからないんですよ」

相良はまた、大きな溜め息をついた。

入水《じゅすい》心中ともなれば、通常はお互いの体が離れてしまわないようにお互いを紐で括りつけて身投げする。しかしながら志乃の亡骸にはその痕跡がなく、さらに言えば、志乃には男の影がなかったということだ。

「周囲の人間の話によると、志乃という娘は、育ててくれた義父の顔に泥を塗らないようにと、努めて清らかに生活していたようなんですよねえ……一応」

「一応って……なにか気になることがあるんですか？」

「義弟の佐太郎との関係です」

曰く、義弟の佐太郎も志乃に負けぬほどの美男で、しかもふたりは血の繋がりがないとは思えぬほど姉弟仲がよかったらしい。

「鶴田屋の主に確認すると、佐太郎は、志乃が死ぬ前の晩から家に戻ってないらしいんです。で、川土手に残されていた男の草履を見せたところ、主は『その草履は佐太郎のものかもしれない』と答えましてね」

「では、血の繋がらない姉と弟が心中したと？」

相良は困ったように眉根を寄せた。

鶴田屋にとってはとんだ醜聞だが、佐太郎の遺体が見つからない以上、心中であるとも、心中でないとも言い切れない。もしかしたら心中に見せかけた殺しかもしれない。

相良は、岡田達巡査と一緒に聞き込みをして廻った。すると、新たな証言が見つかったのだ。

「それが、どうにもおかしな証言なんです。志乃の遺体が見つかる前の晩、吾妻橋の上で、椿柄の着物を着た、若くて綺麗な娘と役者みたいな色男が泣きながら抱き合っていたのを見たって奴が現れたんです。しかも、ひとりじゃないんです。三人ですよ、三人」

ピンと三本立てた相良の指に、由之助は首を傾げる。

「三人も見てるんなら、心中で決まりじゃないんですか？」

すると、それまで黙っていた燕石が「ああ、たしかにそいつはおかしいな」と、急に口を挟んだ。

「おかしいって、なにが？」

「なんだ、由之助はおかしいと思わないのかい？　じゃあ、由之助もおかしいんだな」

「なぜですか？」

意味が分からない。

由之助が首を傾げるのを尻目に、相良が「ああよかった！　やっぱり燕石もおかしいと思うよな！」と、嬉しそうに身をのり出した。

「じゃあ、さっそく浄天眼を……」

「いや、相良、それはちょっと待ってくれよ。たしかにおかしいとは思ったが、それとこれとは話が別だ。第一、私の浄天眼を使う前に、相良達がしっかり調べればいいことだろう？」

「それが、そういうわけにもいかないんだよ。証言が出てきたってことで上は心中で片を付けようとしていて、私ごときの言い分なんて聞いてくれやしない。しかも、新しくやって来た上役ってのがペラペラの吹き流しみたいな性格で、この件は自分もおかしいと思っているくせに、時間をかけて捜査する必要はないっていう上の意向を、そのまま素直に飲み込んでしまうようなお人で」

「ああ成程。でもね、言っちゃあ悪いが、それは私には関係ないことなんだから、当たり前みたいに巻き込まないでほしい。さっきから言ってるとおり、私はこの手のことで、できるだけ浄天眼を使いたくないんだよ。相手の頭の中を直接見るのとはちがって、この手合いは酷く体力が……」

「ちょ、ちょっと待ってください！」

声を張り上げ、由之助はふたりの問答に割って入った。そして「俺にも分かるように説明してください」と、恥を忍んで両手を合わせる。

　話の腰を折られた相良は困ったように額を掻いた。そして、「なに、難しい話じゃないんですよ」と見なれた愛想笑いを浮かべた。

「この袖が見つかった場所から川を上ってすぐのところに、志乃と佐太郎の草履があった。まずひとつ目の問題は、これです」

　弾みよくポンと膝を打ち、相良は体を前に傾けた。

　同じように由之助も体を傾け、相良の言葉に聞き入る。

「鶴田屋は材木問屋の大店《おおだな》で、袖が千切れた志乃の着物も店の名に恥じない上等なものでした。当然、仕立てだって腕のいい縫い子がやっています。それなのに、志乃の袖はまるでボロ布のように川に飛び込んですぐに千切れた。……由之助さんなら、どう考えます？」

　ハッとして、由之助は風呂敷の上の袖を手に取る。

　遺体が流された距離は短い。水の勢いで破れたのでなければ、どこかに――たとえば川瀬に打ち込んだ杭や大きな流木に引っかけたとしか考えられない。

　志乃の袖は、袖付けの縫い目が引き千切られ、細い縫い糸が飛び出ていた。こびりついた水草と泥染み、苔《こけ》のにおい。でも、それ以外はなにもない。なにかに引っかかった痕跡なんて、どこにも……。

何度も袖を引っくり返す由之助に、さらに相良は、「三人の証言もおかしいですよね」と追い打ちをかける。

「そいつらが吾妻橋のそばで志乃と佐太郎を見つけたのは、遺体が見つかった前の晩の深夜です。着物の柄だの役者みたいな色男だのと、そんなにはっきりと見えると思いますか？」

「でも、街灯が点いていることだし」

すると相良は、ふっと笑みをこぼし、「吾妻橋の街灯と、大北座の劇場の照明はちがうんですよ」と、ポンと膝を叩いた。

「いくら電灯が点いているからと言いましてもね、昼間のお天道様のように、煌々と全てを照らしてくれるわけじゃありません。場所によっては、まだまだ提灯《ちょうちん》の必要な通りだってあります」

「え、そうなんですか？」

ひとりで外出することを禁じられていた由之助は、当然ながら夜道を歩いたこともなかった。実家である大北座前は、街灯の火に劇場の照明が重なって特別明るくなっており、それを幼い頃から見てきた由之助は他所《よそ》もこのくらい明るいのだと思い込んでいたのだ。

「奴らが志乃達を見たと言った場所は、街灯が一本ポツンとあるだけで、まだまだ提灯を持って歩いた方がいいような場所なんです。それなのに、奴らは着物の柄や顔立ちがはっきり見えたと言っています。……ね、おかしいでしょう？　そもそも、それだけはっきり見えるほど近くにいたのなら、ふたりの会話だって聞こえたはず。ただの逢引じゃないことに気づいて当然じゃないですか。揃いも揃って、どうして志乃と佐太郎を助けてやらなかったんでしょうね？」

――たしかに、相良の言うとおりだ。

思わず顔が強張り、袖を握る由之助の手に力が入る。

相良の推測から思いつくこと。……それは。

「その三人は、さぞかし胡散臭い顔をしていたんだろうねえ」

ポツリと、燕石がつぶやいた。

「おや、燕石にも〝見える〟かい？」

「見えないよ。現に、私は相良に触れていないだろう？　ただね、相良の顔に『胡散臭い奴らだったなあ』と、そう書いてあると言っただけだよ」

ふうん、と相良は薄く笑う。そして、もうひと押しとばかりに「頼むよ」と燕石に頭を下げた。

「これ以上じらさないでくれよ。本当は燕石だって、この事件のあらましが気になって仕方ないんだろう？」

けれど、やはり燕石は首を縦に振らない。不服そうに溜め息をついて、「——疲れるんだよ」とつぶやく。

「誰かに触れて、そいつの頭の中を覗くのは簡単だ。真昼に、目の前にあるものを見るようなものだからね。でもね、物から見るとなると、とんでもなく疲れるんだ。寿命が縮まってしまうんじゃないかと思うほどにね。相良だって、そのくらいのことは分かるだろう？」

「分からないよ。私には浄天眼なんてないからね。もし浄天眼なんて持っていたら、真っ先に捜査のために使っているさ」

素っ気ない相良の言葉に、燕石は軽く口を引き結ぶ。

燕石の浄天眼は、広目天が持っていたとされるものとは少しちがう。千里先、森羅万象を見とおせた広目天に対し、燕石は〝物にまつわるもの〟と〝持ち主の記憶〟が見えてしまうという。

おそらくそれは、この世の誰も持っていない特別な力。その生まれ持った力を、優れた能力と取るか、面倒な能力と取るかは人それぞれだろうが、燕石は、明らかに後者だった。

だから、特定の人間以外に自分の力を語らず、表に出ることをはばかり、燕柳館の跡を継ぐことさえ辞退した。

他人とちがう力を持ったことは幸いなことではない……そう考える燕石の気持ちも分からないではない。

「頼むよ、燕石。少し考えてくれ」

そう言うと、相良は立ち上がり部屋を出た。由之助も慌てて相良を追いかける。

「あの、相良さん、いいんですか？」

「いいんですよ。こっちの言いたいことは全て伝えたし、燕石にも、少しくらい悩む時間を与えてやらないとね」

言いながら玄関の方に進むと、相良に気づいた岡田が勢いよく立ち上がり、先ほどとは打って変わった表情でキリリと挙手の敬礼をする。

「ああ、待たせてすまない。まだ時間がかかりそうだから、先に帰ってもいいぞ」

「し、しかし」

「うん？　ああ、そうか。夕餉が食べたいのなら、もう少し残っていろ。遅くなるかも知れないが、私から千代に伝えておくから」

　岡田は嬉しそうに「ハイッ」と答礼する。もはや餌づけされた犬のようだと由之助は思う。

　勝手知ったるなんとやらで、相良は当たり前のように台所に向かった。そして、暖簾《のれん》にちょいと指を引っかけると、土間に向かって「千代、茶を煎れてくれ」と言った。

「あら、光太郎様。お話し合いは終わったのですか？」

「いいや、まだまだ。これは小休止だよ」

　然様でございますか、と頷いて、千代はお茶の準備にかかった。その隙に、相良は板間に座布団を並べ、由之助にも座るようにと促す。

　お茶はすぐに出てきた。それにしても、と由之助は、千代が言った「光太郎様」という呼び方が気になる。ふたりは一体どういう関係なのだろうか。

　と、それを察したのか、お茶をひと口啜った相良が「千代とは古い付き合いなんですよ」と言った。

「燕石に聞いていませんか？　私と燕石は遠い親戚でね、幼馴染みの間柄なんです。千代は、燕柳館に子守り奉公に来てからの付き合いで、私達が十の時だったから……たしか、お前は七つだったな？」

「はい」

「かわいかったんですよ、千代は。……とても」

まあ、と千代は頬を染める。これだけの美人なのだから、そりゃ幼い頃は相当なものだったろうと由之助は思う。

幼い頃からの習慣で、由之助は必要以上のことは詮索しない性質《たち》だ。このふた月の間、なんとなく聞きそびれてしまっていたことが聞けてホッとしていると、ふと相良が「まあ、追い追いに」とつぶやいた。

「燕石は、無意識のうちに他人に距離を置く癖がありますから。自分のことは、そのうち話すと思います。ええ、たぶんね」


——どれくらい時間が経っただろうか。

二杯目のお茶を飲み終えても、燕石に動きはない。

「ふて寝でもしてるんでしょうか」

由之助が聞くと、「そんなことないと思いますよ」と相良は答える。

「これは死人に関わることですからね。燕石も、なかなか決断できないんだと思います」

「決断できないって、どういうことですか？　事件解決のためなんですから、もう少し協力的になってもいいんじゃないかと俺は思うんですけど」

「燕石が聞いたら、それは綺麗事だと言うでしょうね」

言いながら相良は、「まあ、浄天眼を使ってくれと気軽に頼んでる私も、相当の悪人なんですけどね」と鼻を掻く。

「由之助さんは、殺人現場を見たことがありますか？」

「あ、ありませんよ、そんなもの」

「ええ、普通はそうですよね。でも、燕石は何度も目にしているんです。私の頼みを聞いたがためにね」

え？と聞き返す由之助を右手で止めるような仕草を見せ、相良は三杯目のお茶を千代に所望する。

「どういうことですか？」

「昔から『死人に口なし』って言葉がありますよね？　迷宮入りしそうな事件や事故ってのは、往々にして死人が出てくるものでして、まあ大体は、証拠隠滅や、証言をさせないために、悪い奴に殺されてるわけなんです。警官としては、それが口惜しくてならない。だから燕石に浄天眼を頼むんです」

「事件解決のためなんですから、それは正しいことだと思います。相良さんは悪人なんかじゃないですよ」

「そうですか？　私は、何度も何度も、燕石に〝殺人現場の記憶〟を覗かせてるんですけどね」

あ、と由之助は息を呑む。

燕石が見るのは、〝物にまつわるもの〟と〝持ち主の記憶〟。つまり、相良が見てほしいと依頼しているのは、殺された人間の、壮絶な死の瞬間だ。

浄天眼の目にどう映っているのか、常人である由之助には想像もつかない。が、誰かの悲鳴や傷や血を見て、平然としていられる人間なんていやしないと思う。

勿論、世の中にはそういう悪趣味なことに自ら首を突っ込みたがる下世話な人間もいるかもしれないが、少なくとも燕石はそうではない。

そうではないから、こうして別宅に引き篭っているのだ。

「あの……」

由之助が口を開いた途端、遠いところから「おーい」と呼ぶ燕石の声が聞こえた。

相良は「やっとか」とつぶやき、三杯目のお茶を静かに口に含む。

立ち上がった相良に、由之助は「燕石は、大丈夫なんでしょうか」と問いかける。

「大丈夫でいてほしいから、由之助さんのような〝なににも毒されていない人〟に、燕石のそばにいることをお願いしたんですよ」

「でも」

「私や千代じゃ駄目なんです。あいつの全てを知ってるから、逆に追い詰めてしまう」

言って、相良は寂しそうな笑みを由之助に向けた。

「燕石が見ているのは、過去のことです。被害者が酷い目に遭っているのが見えても、もう助けてやることができない。だから辛くなる。あんなものは二度と見たくないと思う。それが分かっていて、私は燕石に依頼を持ち込むんです。こんな私が親戚だの幼馴染みだのと、聞いて呆れますよ。——ほらね、私は悪人でしょう？」

由之助と相良が部屋に戻ると、燕石は破れた袖を前に腕組みをし、酷く難しい顔をしていた。

「腹は決まったかい？」

相良が聞くと、燕石は仏頂面で「お前は本当に嫌な奴だよ」とつぶやく。

「どうせ、私が断ることはないと思ってるんだろう？」

「ああ、そうだね」

燕石は、仏頂面のまま小さく嘆息した。

由之助は無言のまま、ふたりのやり取りを見守る。

相良は、最後のひと押しとばかりに「せめて、鶴田屋夫婦に、真実を教えてやりたいんだよ」と口にした。

「大切に育ててきた娘を亡くし、息子の方は行方知れずのままだ。たとえ、本当に心中だったとしても、ふたりがどういった思いでそんな行為に至ったのか、親なら知る権利があると思う」

「――分かったよ」

燕石はまた小さく嘆息した。そして「椿模様かあ……」とつぶやくと、ゆっくりとその片袖を手に取った。

険しい表情で、ギュッと目を瞑る。

――沈黙。

それは長かったのか、それとも短かったのか。

やがて燕石は、薄っすらと目を開けた。

その顔は血の気を失い、青白く染まっていた。

「…………」

紫色になった燕石の唇が、囁くように小さく動いた。

「燕石？」

由之助が声をかけると、カッと目を見開き、燕石は「いる」とつぶやく。

「いるって、なにが？」

「いるんだ」

燕石の声は、乾いて掠《かす》れていた。


「佐太郎は、生きているんだ」


コォー……と音を立て、庭先を冷たい風が吹き抜けていった。

岡田の小さな咳払いが、玄関の方から聞こえる。

燕石は青白い顔で背中を丸めていたが、由之助が白湯を持ってくると、「すまない」と言って、湯飲みの温もりに縋《すが》るように、両手を添えて白湯を飲み干した。

由之助は、過去に一度だけ、燕石がこのようにして浄天眼を使うところを見たことがある。それは、家の前で、かなり使い込まれた道中財布を見つけた時だ。

その時も燕石は浄天眼を使うことを渋っていたが、中に結構な額の銭が入っていたこともあって、仕方なく財布に触れた。

そのあと、燕石は疲労から半日眠ってしまったが、寝る直前に「これは豆腐屋の財布だ」と燕石が言ったことと、千代が隣の家に棒手振《ぼてふ》りの豆腐屋が入っていくのを覚えていたこともあって、財布はすぐに持ち主に返された。

半日の睡眠なんて、少し長めの昼寝のようなもの。その時の由之助は、浄天眼なんて便利な力ぐらいにしか思っていなかった。

だから、実際のところ燕石がここまで疲労困憊《ひろうこんぱい》していたなんて予想だにしなかったのだ。

「佐太郎は多少の怪我をしているようだが、今のところ心配はいらないようだ」

そう言うと、燕石はじっと相良を見つめた。

「――佐太郎には、婚約者がいると言っていたな」

「ああ。吉木屋《よしきや》っていう呉服屋の娘で、蔦子《つたこ》って名前だ」

「佐太郎は、その蔦子を気に入っていたか？」

「さあ、それは……。特別気に入っていたという話は聞かないが、蔦子も周囲の評判は悪くない娘だし、気に入らなかったってことはないと思うが」

「じゃあ、志乃は？」

「え？」

「志乃は、蔦子のことをどう思っていた？」

「それは……」

相良は首を捻った。

「志乃がどう思っていたかなんて聞いたこともないが……なあ燕石、お前、なにが言いたいんだ？　お前には、とっくに全てが見えているんだろう？」

そうだな、と薄く笑って、燕石はさらに背中を丸めた。

「結論から言うと、志乃と佐太郎は、蔦子のことを酷く嫌っていた」

「なに？　じゃあ、やはり志乃と佐太郎は恋仲だったってことか？」

「いや、そうじゃない。ふたりは単純に蔦子のことを嫌っていたんだ。ああ、いや……むしろ、恐れていたという方が正しいのかもしれないが」

ゆらり、ゆらり、なにかを紡ぐように燕石の背中が揺れ始める。

燕石は思案げに眉を歪めると、「どこから話せばいいのか……」と揺れながらつぶやいて、ふと片袖の椿に視線を落とした。

泥に染まった赤い椿が、燕石の手の中でわびしく咲いている。

「——ふたりは、仲のいい姉弟だったと言っていたよな」

「ああ」

手の中の片袖を、燕石は静かに撫でた。それはまるで、自分の中に飛び込んできた景色を、もう一度確認するかのように。

「両親が商売で忙しかったこともあって、いつもふたりで遊んでいた。まだ男女のちがいも気にならないような、幼い日のことだ」

ゆっくりと燕石は語る。その、空気に滲んでしまいそうな燕石の声に、相良と由之助は相槌を打つでもなく無言で耳を傾ける。

「遊びに出かけた帰り道、ふたりは道に迷った。その日は、親に内緒で遠出をしたんだ」

それは、黄昏時の見知らぬ町。

迷子になった幼いふたりは、必死になって帰り道を探した。けれど、どこまで行っても帰り道は見つからない。とうとうふたりは、小さな路地に迷い込んでしまった。

それは、店裏の通りとも参道の小道ともちがう、細く薄気味悪い路地だった。

「そこで、ふたりは、ある子供に出会ったんだ」

「子供？」

「ああ。……いや、あれは出会ったのではなく、見かけたと言った方が正しいだろうな」

どこかの陋屋《ろうおく》の庭先。そこにいたのは、ボロボロの陋屋に似つかわしくない、上等な着物を着た少女。

少女は、何度も何度も、木切れを振り下ろしていた。

最初は少女がなにをしてるのか分からなかった。けれど、少女が木切れを下ろし、懐から出したマッチを擂った時に、全てを悟った。

少女は、木切れで猫を殴り殺していたのだ。

「少女は猫の死を確かめることに夢中で、ふたりの存在に気づいていなかった。それで、ふたりは一目散に逃げ出したんだ」

足音を立てないように、けれどできるだけ早く、ふたりは路地を走った。見つかれば最後、あの少女に殴り殺されてしまうと思った。

走って、走って、ようやく広い通りに出たところで、運よく捜しに来た店の女中と遭遇することができた。

「恐ろしい思いをした。けれどふたりはその出来事を両親に話すことはなかった。子供の浅慮で遠出したことを叱られるにちがいないと思ったからだ。やがて月日は経ち、そんな出来事も忘れかけていた時、佐太郎に縁談話が持ち上がった。その相手が挨拶に来るという。良縁だと喜ぶ父の姿もあって、ふたりは楽しみにしていた。ところが……」

蔦子にございます、と頬を染める娘に、志乃と佐太郎は奇妙な既視感を覚えた。

品のいい笑みを浮かべる蔦子の顔に、ふと、忘れかけていた遠い日の記憶がまざまざと蘇る。人の輪郭さえ曖昧になる黄昏時に、笑顔で残忍な行為を行っていた少女。

その少女が今、志乃と佐太郎の前にいる。

「――佐太郎は、すぐにこの縁談を断ろうとした。けれど、それをしなかったのは、いけないと志乃が止めたからだ。もしかしたら他人の空似かもしれないし、そもそも人間の記憶とは曖昧なもの。だから、軽はずみなことを言ってはいけないと」

それに、縁談を破棄するにしても、きちんとした理由がいる。

直感を信じる佐太郎に対し、志乃は慎重な娘だった。渋る佐太郎を諭しつつ、志乃はすぐに行動に移った。

材木問屋の鶴田屋には、大勢の荷方人足《にかたにんそく》がいる。幸か不幸か、その中には世間の裏側に精通している者も何人かいた。志乃は、その人足の中から口が固く自分に従順な者を選び出し、小遣いを与えて蔦子の身辺を調べるようにと命じた。

そして。

「志乃は、遣いの人足から思いがけない言葉を聞いた。――蔦子が、家の裏庭で猫をなぶり殺しているのを見た、と」

吉木屋は蔦子の奇行を隠し、使用人達にもきつく口止めしてきたが、他人の口に戸を立てるなど、そう簡単にできることではない。

人足が摑んだのは、幼少より蔦子が酷い癇癪《かんしゃく》持ちだったということ。加えて、蔦子の残忍極まりない奇行を隠すために、汚れ仕事のできる破落戸《ごろつき》を吉木屋が雇っていたということ。

「もしかして、その蔦子の取り巻きっていうのが、志乃と佐太郎が吾妻橋の上にいたっていうのを見た連中なんですか?」

たまらず由之助が聞くと、「そうだ」と燕石は大きく頷いた。

「蔦子はとてつもない執着心の持ち主だ。ほしいと思った物は、大枚をはたいてでも手に入れようとする。けれど、この世の中には金に換えられないものだってある。勿論、あの癇癪持ちがそれを我慢できるわけがない。で、金で買えないなら、腕尽くで奪い取ってやろうと考えるようになる。……といっても、女の蔦子の腕っ節なんて、たかが知れてるがな」

「では、吉木屋が、蔦子の取り巻きに破落戸を雇っていたのは、蔦子の代わりに狼藉《ろうぜき》を働かせるためでもあったと?」

「まあ、そういうことだ」

すると、相良が「馬鹿げた話だ」と怒気と一緒に言葉を吐き捨てた。

「そんなとんでもない娘を、よくも吉木屋は嫁に出そうと思ったもんだな」

「蔦子は頭の悪い女じゃないからな。普段は癇癪持ちのくせに、肝心要のところでは恐ろしいほど冷静になれるんだ。だから他人の前で猫を被るくらい、あの女には容易《たやす》いもんさ」

そして、そんな蔦子には、今どうしてもほしいものがあった。

咽喉《のど》から手が出るほどほしいもの。

なにを犠牲にしてもほしいもの。

「蔦子は、一体なにをほしがっていたんだ？」

「それは……」

燕石は、ふう……とひとつ、溜め息をついた。

「――佐太郎だ」

志乃が店の荷方人足を使って蔦子を調べていたように、蔦子もまた、自分の取り巻きを使って志乃を調べていた。志乃が血の繋がらない姉であることを知り、佐太郎との関係を疑っていたのだ。

「勿論、ふたりの関係は潔白だ。しかし、そこで蔦子は、志乃が自分を調べていることを知る。蔦子は思った。自分が癇癪を起こすたびに猫を殺すような女だと知れれば、きっと佐太郎とは破談になるだろう。だから……」

瞬間、由之助の背中に、ぞわりと冷たいものが走った。

と、相良が「ちょっと待て」と眉を顰《ひそ》める。

「蔦子のほしがっているのが佐太郎だとしたら、志乃さえいなくなればいいはずだ。それなのに、どうして佐太郎と心中したように見せかけた？　佐太郎は本当に生きているのか？」

「だから、さっきから生きてるって言ってるだろう？」

言いながら、燕石は嫌な咳払いをする。由之助は燕石の背中をさすり、「大丈夫ですか？」と声をかける。

燕石は「大丈夫だ」と答え、相良に向かって「蔦子の取り巻きがヘマをやらかしたんだよ」と言った。

「志乃をさらうところを、うっかり佐太郎に見られてしまったんだ」

取り巻き達は、佐太郎も連れ去るしかないと考えた。蔦子に言われたとおり、ふたりに傷をつけないようボロの綿入れで巻いてから荒縄で縛り、猿轡《さるぐつわ》を嚙《か》ませ、大八車《だいはちぐるま》に菰《こも》で隠した。そして……。

「志乃は殺され、佐太郎は蔦子のもとにいるというわけか」

相良の言葉に、燕石は「ああ」と低い声で返した。

志乃を見た瞬間、蔦子の腹の中では、いつもの癇癪の蟲《むし》が暴れ出していた。けれど、この時の蔦子は慎重だった。

いつもと同じく猫を殺すようになぶってしまっては、自殺のように見せかけることはできない。取り巻き達に、ボロの綿入れで巻いてから荒縄をかけるように言ったのも、体に縄で縛られた痕を残さないためだった。

それでも、せめて志乃の悲鳴でも聞かなければ、この腹の蟲がおさまらない。

取り巻き達も、蔦子の考えは分かっていた。志乃だけ大八車から下ろすと、戒めていた荒縄と猿轡を強引に解いた。

提灯の明かりひとつが揺らめく闇の中に、志乃にまとわりついていた綿入れがズルリと落ちた。それでも志乃は、動くことはおろか悲鳴を上げることさえしなかった。たとえ荒縄が解かれたとしても、恐怖に凝り固まった体は簡単には戻らなかったのだ。

仕方なく、取り巻きは志乃を河川敷の草むらに突き飛ばした。別のひとりが志乃を組み伏せ、もうひとりがわざとらしく体を弄《いじく》るような仕草を見せながら、椿の柄の着物の袖を引き裂いた。

ビリビリと暗闇を走るその音に、我に返った志乃はか細い悲鳴を上げた。

「その悲鳴を聞いて、ようやく蔦子は満足した。そして……蔦子は取り巻き達に命じ、志乃を、破った袖と一緒に川の中に投げ入れた。真冬の川水の冷たさは志乃の身体の自由を奪い、水底の暗さは心を絶望で覆った。可哀想に、志乃の体は水面に浮上することなく、そのまま命を失ったんだ。——それが、事件のあらましだ」

そう言葉を締めくくった燕石の顔は、話し始めた頃と同じ青白いものに変わっていた。

不意に、障子の向こうでコトン……と小さな音が響く。

慌てて由之助が障子を開けると、そこには熱いほうじ茶が入った湯飲みが三つ、盆にのせられた状態で置かれていた。どうやら千代が気を利かせてくれたらしい。

そのほうじ茶を飲んで、燕石はふっとひと息つくと、「佐太郎は、吉木屋の使われていない古い蔵にいる」と言った。

「志乃が使っていた人足と一緒にな」

「人足も？」

「なんだ、鶴田屋から、人足がひとりいなくなったと聞いてないのか？　——ああ、そうか、ああいうところは日雇いが殆どだから、何日か姿が見えなくなっても誰も怪しまないのか」

やれやれ、と燕石は頭を掻く。

「あの蔦子という娘、お前が思っている以上に腹黒で、したたかだぞ。自分がじきに佐太郎に飽きてしまうことも、ちゃあんと分かってるんだ。だから、その時は人足を自殺に見せかけて殺し、『自分が志乃と佐太郎を殺した』と、贋《にせ》の遺書を置いて犯人に仕立てあげるつもりでいるんだ」

はあぁ！と、怒りとも呆れともつかない呼気を吐きだし、相良は急に立ち上がった。そして、燕石が差し出した椿の片袖を受け取り、険しい顔で「助かったよ、燕石」と言いながら、丸めるように風呂敷に包んだ。

「おい、遺品なんだから、もっと丁寧に扱ってやれよ。それと、吉木屋の蔵の場所はそっちで探してくれ。警察なんだから、そのくらい朝飯前だろ？　……と、ああ、飯で思い出したが、夕餉はどうする？　千代がお前達の分も用意していると思うが」

「今すぐ佐太郎と人足を救出に向かう。悠長に夕餉なんか喰っていられるか」

燕石は頷き、「そうだな。気をつけてな」と、右手をひらひらさせた。

相良は「この礼はまた」と言いながら、疾風のように部屋を飛び出す。すぐさま玄関の方から、岡田、それに千代と話す声が聞こえたが、それも束の間、玄関の引き戸が閉まる音と共に掻き消えた。

部屋に取り残された由之助は、燕石の顔をじっと見る。

燕石の顔は青白いままだ。相当嫌なものを見たのだろう。

「大丈夫ですか？」と由之助が声をかけると、燕石は曖昧な笑みを口の端に浮かべた。

「ああ、なんだか吐きそうな気分だよ。あれだけたくさんのグチャグチャに潰れた猫の死骸を見たのは、生まれて初めてのことだからね」

「――ひとつ聞いてもいいですか？」

「なんだい？」

「燕石の浄天眼は、〝それにまつわるもの〟と〝持ち主の記憶〟しか見えないんですよね？なのに、どうして佐太郎と人足の居場所が分かったんですか？　ふたりが蔵に閉じ込められたのは、片袖の持ち主である志乃が死んだあと……つまり、袖にまつわることでもなければ、志乃の記憶でもないと思うんですが」

「不思議かい？」

「はい」

そうか、と頷いて、燕石はゆっくりと立ち上がった。静かに硝子障子を開け、そのまま縁側に出る。

由之助も立ち上がり、燕石のあとに続いた。燕石は滑るような足取りで廊下を抜けると、いつもなら「寒過ぎる」と嫌がって寄りつかない裏庭に行く。

釣瓶のかかった、井戸の向こう側。

志乃の片袖と同じ椿が、真っ赤な花を咲かせている。

「──由之助は、椿という花をどう思う？」

ポツリと、燕石が問う。

「え……ええと、春を告げる花」

「それから？」

「首から落ちる、縁起の悪い花」

「それは、近世になってから侍が言い出したことだよ」

ふふ、と小さな笑い声を上げると、燕石は椿に向かって神仏でも拝むかのように両手を合わせた。

そして、「椿ってのはね、古来より強い霊力があるとして崇《あが》められてきた植物なんだよ」とつぶやいた。

「由之助は日本書紀を読んだことがあるかい？　そこには、椿で作った槌《つち》で土蜘蛛《つちぐも》族を討伐したことが書かれている。また、人魚の肉を食べて八百年生きたとされる八百比丘尼《やおびくに》も、一説には椿で作った杖を持って旅をし、各地に椿の木を植えて歩いたと伝えられている。一年の無病息災を願って食す七草粥も、玉椿の枝で一種ずつ打ち砕いて作るのが正式だ。椿ってのはそれだけ霊力が……とりわけ命に関わる呪力が強い植物なんだよ」

ふう……と吐き出した白い息が、燕石の顔を包み込み、輪郭を朧《おぼろ》げにする。

冷たい春の空気の中、燕石はゆっくりと言葉を紡ぐ。

「たとえ血が繋がっていなくても、志乃にとって佐太郎はかわいい弟だった。だから志乃は、冷たい水の中で、自分の命を失うその瞬間まで、ずっと佐太郎の命を案じていた。『絶対に、あの女に佐太郎を殺させやしない』――と」

それは、たがそでの椿が燕石に見せた、摩訶不思議な力。

ああ疲れたねえ……とこぼした瞬間、燕石は膝からガクリと頽《くずお》れた。

浄天眼にはそんな力もあるのかと驚きつつ、慌てて由之助が手を差し伸べると、燕石は、「〝女の記憶〞と〝花の霊力〞に同時に捲し立てられるなんて、生まれて初めてのことだったんでね」と薄く笑った。

「大丈夫ですか？」

「さあ……こいつは、三日は起きられないかもしれないな。ああ、そういえば、まだ軟膏を受け取ってなかったな」

「はい」

「悪いが、軟膏は硯箱《すずりばこ》の横に置いといてくれ。それと、今日、街で見てきたことを、簡単にまとめておいてくれると助かる」

「分かりました」

「それから……」

　すうっと、燕石は目を細めた。

「相良から、捕まえた時の蔦子の様子を聞いておいてくれ。どんな表情をしていたか、どんなことを言っていたか」

「――もしかして、それ、戯作小説のネタにするつもりですか？」

「そのくらいしないと割に合わないだろう？」

　たしかにそのとおりだ。納得して、由之助は燕石の腕を自分の肩に担ぐ。

　見た目は細いが、意外と燕石は重い。このまま自分の足で布団まで歩いてくれれば世話はないのだが、この力の抜けた体と溶けそうな眼から見るに、どうやらそれは叶わぬことらしい。

「ほかに聞いておくことはありませんか？」

「そうだねえ。――ああ、しまった。せっかくのつみれ汁が、三日先までお預けになってしまった」

　まるで寝言でも言うかのように燕石はつぶやいた。

アカハラの小箱

浄天眼の世話役というのは、忙しい時と暇な時が極端なものである。

そして現在、縁側で隠居老人よろしく日向ぼっこをしている由之助は、まさに〝暇な時〟のさなかにあった。

ほんの数日前までは忙しかった。燕石が椿の前で眠りに落ちて以降、由之助は、相良や岡田に話を聞いたり、協力者名目で特別に事件現場を見せてもらったりしていたのだ。帰宅後はそれを書きまとめるのだが、事件簿など書きなれていないこともあり、その作業は深夜に及ぶこともあった。

眠りについてから五日後、燕石は、予想より遅れて目を覚ました。が、寝る前のことをしっかり覚えていたらしく、燕石は開口一番「つみれ汁」とつぶやいた。しかし、千代が用意してくれたのは胃の腑に優しいたまご粥で、燕石は渋々ながらもそれをすすり食べた。

念願のつみれ汁を食べることができたのは、その翌日のこと。

たっぷりと腹を満たすと、さっそく燕石は、由之助が書きまとめた紙束を読み込んだ。ついでに、事件について書かれた数日分の新聞にも目を通したが、そちらは馬鹿馬鹿しいほどに扇情的かつ的外れな憶測が書いてあったので、「なんだい、この記事は。お前の方がよく書けてるねえ」と言って、由之助を誉めてくれた。

　ここから先は、燕石の独擅場だ。話の筋道を立て、登場人物を作り、寝食を忘れ一気に書き上げる。

　書いている時の燕石は、ほぼ無表情だ。時には、呼吸することすら忘れているのではないかと思うほどに。

　当然、由之助や千代の存在など気にしなくなる。

　日々の仕事が決まっており、もとから燕石と顔を合わせない千代にとってはどうでもいいことだろうが、燕石の指示を待って仕事をする由之助にとっては、これがかなりの苦痛となった。最初のうちは昼寝だなんだと、ここ数日の疲労回復に勤しませてもらうが、それも二日もすれば飽きてしまうのだから。

　陽光に誘われて欠伸をすると、「お汁粉はいかがですか？」と、小盆を携えた千代がやって来た。

「小豆《あずき》がありましたので、少しばかり作ってみたんですけど」

「ありがとうございます。いただきます」

　小盆の上にのせていた器を千代から受け取り、由之助は箸を握る。とろみのついた餡《あん》の中に、つやつやかな白玉がぷかぷかと浮いている。

「美味しいです」

由之助が言うと、千代は嬉しそうに「それはようございました」と微笑んだ。

「燕石は？」

「まだ机に向かっておいでのようでしたよ。暫くは動かれることはないかと」

そうですか、と言って、由之助は箸で白玉をつつく。もう暫く暇な時間が続くことが確定してしまい、思わず小さな溜め息がこぼれる。

「そういえば、暇潰しがてら、燕石が書きかけている小説を覗き読んだのですが」

「はい」

「さすがに佐太郎や志乃の名前は出てきませんでしたが、出だしの部分だけでも、読む者が読めばすぐに鶴田屋の事件と分かる内容になっていました。でもね、おかしいんですよ。燕石の小説の中では、佐太郎と志乃はお互いに慕い合っており、それを知った狂人の蔦子が、狂人ゆえの残忍な犯行に及んだ、という内容になっているんです」

「まあ」

「勿論、あの燕石のことだから、話のオチでなにかが覆るような筋書きで考えているのかもしれません。でも、内容が扇情的すぎると思いませんか？　途中の部分なんか、新聞よりも過激な内容になっていましたよ。浄天眼で見た時は、『あのふたりは、ただの仲がいい姉弟だった』って言ってたくせに」

いくら創作でも酷いですよね、と由之助は言う。

しかし千代は、「さあ、それはどうでしょう」と小首を傾げる。

「あながち創作ではないのかもしれませんよ」

「どういうことです？」

「あくまでも、これは私の想像なのですが……私には、志乃様が、まだ〝自分の本当の気持ち〟に気づいておられなかっただけなのではないかと思えてしまうのです」

「本当の気持ち？」

「はい」

千代は言う。

志乃は佐太郎が好きだった。佐太郎も志乃が好きだった。けれど、ふたりの距離はあまりにも近すぎて、その感情を姉弟ゆえのものだと勘ちがいしていたのだとしたら。

「もし、当の本人達が気づいていなかった気持ちを、婚約者の蔦子が先に気づいてしまったとしたらどうでしょうか。そのように考えてみると、旦那様は創作ではなく、事実を小説に書き起こしていらっしゃるのではないかと思えてしまいまして」

「…………」

呆然とする由之助に、「あら、申し訳ございません。口が過ぎてしまいましたね」と千代は笑みを浮かべる。

「え、ええと、じゃあ、蔦子の犯行の動機は嫉妬ということですか？」

「そうとは限りません」

「では……あ、そうか！　ふたりがお互いの恋愛感情を確認しあう前に、邪魔な志乃を屠《ほふ》ってしまったということですか！　そうすれば、ふたりは永遠に『姉弟』のままですもんね！」

こくりと、千代は小さく頷く。

「ただし、これは私の想像の話でございます。本当のことは、もう誰にも……佐太郎様と志乃様にさえも、分からないことでございますよ」

「…………」

由之助は深く嘆息し、遣《や》る瀬無い思いで窓の向こうを見た。

裏庭の椿が、寒風に花弁を揺らしていた。

「もし、自分の気持ちに気づかないまま命を絶たれたのだとしたら、志乃はとても可哀想ですね」

「然様でございますね」

由之助は俯いた。

かつて猫を殺していた蔦子は、成長し、恋と嫉妬を覚えたことで、これまでとはちがう狂気を心の中に生み出した。存在したものを排除するのではなく、芽吹く前のものを完全に摘み取ってしまおうとした。

全ては、自分が望む完璧な現実を手に入れるために。

「では、今回の事件はある意味、蔦子の思いどおりになったということでしょうか」

黙って頷いた千代に、「なんて酷い結末だ」と、由之助はまた嘆息する。

見えない心を見越してしまえば、もうひとつの事実が見えてくる。蔦子が消してしまいたかったのは、志乃の存在そのものではなく、やがて志乃と佐太郎の間に芽生えるかもしれない感情の方だったとは。

「人の心って、難しいものですね……」

思わず陰鬱になる由之助に、千代は慌てて、「あら、申し訳ございません。暗いお話をしてしまいましたね」と、その場の空気を取り繕おうとする。

「ここは人の出入りが少ない家ですから、余計にそのようなことを考えてしまうのかもしれません。ああ、そうだわ、気晴らしにご実家に戻られてはいかがでしょうか？　あちらは賑やかでしょうし、ご家族も喜ばれると思うのですが」

「実家ですか……。帰るのはいいんですけど、一度帰ってしまうと、もうここには戻らせてもらえないかもしれないんですよね」

兄夫婦の顔を思い出し、由之助は小さな溜め息をつく。

家族の顔を見たいのは山々だが、顔を見たが最後、兄夫婦——とくに妻の初江の方は、絶対に由之助を家から出すことはなくなるだろう。

なにせ、半日の約束がふた月も音信不通を貫いてしまったのだ。あの度が過ぎるほどに過保護な初江が、簡単に離してくれるとは到底思えない。

勿論、会いたくないわけではない。でも、それ以上に、初めて知った自由な時間が由之助を惹きつける。だから由之助は、もう少しだけ燕石の家にいたいと思う。

とはいえ、今まで自分の意思で自由に出歩いたことのない由之助だ。燕石から仕事を仰せつからない以上、自分がどう動いたらいいのか分からない。この開店休業状態も、なかなかに酷なものだ。

と、それを察したのか、千代が「由之助様に、ひとつお願いがございます」と言い出した。

「台所で使う踏み台を作っていただきたいのですが」

予想外の申し出だった。

「踏み台……ですか。俺、大工仕事なんてしたことありませんよ」

「大丈夫です。私が教えて差し上げます」

「え？」

由之助は耳を疑った。由之助の実家である大北座の女優達は、絶対に大工仕事などしない。それは裏方衆の仕事で、女優は客を魅せる商売である以上、体に傷を——たとえ、それがどんなに小さなものだったとしても、絶対に作ってはならないからだ。

大北座においては、大工仕事は男の仕事。女である千代に、果たして大工仕事の手解きなどできるのだろうか。

ところが、由之助の疑念はあっという間に覆された。

食べ終えた器を下げると、千代は紙と筆を持ってくる。すぐに簡単な図面を引くと、どこからか調達してきた木切れを庭に並べた。そして納戸から大工道具を取り出すと、鋸《のこぎり》の引き方、釘の持ち方、金槌の打ち方まで、事細かく由之助に教えてくれたのだ。

「凄いですね。千代さんは、どこで大工仕事を学んだんですか？」

「まあ。学んだなんてお恥ずかしい。燕柳館でお世話になっていた頃、大工さんが裏庭の塀を直しにいらっしゃったことがありまして、それを見よう見まねで覚えたんですよ。ですから、難しいものは作れません」

はあ、と由之助は頷く。見よう見まねで図面まで引けるようになるとは、千代という女、やはり只者ではない。

由之助が思うに、きっとこれも燕石が千代を燕柳屋から連れて来た理由のひとつなのだろう。雇い主である燕石と顔を合わせないという問題を差っ引いても、万事において有能な千代がいれば、身の回りの雑事に困ることなどないのだ。

それにしても、大工仕事というのは、なかなかに面白い。

踏み台を作り終えると、由之助はすぐに縁台作りに取りかかった。「手製の縁台に腰かけて将棋を指すのも、なかなか乙なものらしいですね」と、千代が誰に言うともなくつぶやいた言葉に、興味を引かれたからだ。


そんなこんなで暇潰しをしていた、ある日のこと。

見覚えのある男が由之助のもとにやって来た。大北座の裏方衆、寛太《かんた》だ。

「お久しぶりでございます」

人相がいいとは言い難い顔に強引な笑みを浮かべ、寛太はペコリと頭を下げると、手にした風呂敷包みを由之助に差し出した。

「『仙米堂《せんまいどう》』の羊羹《ようかん》です。頭取から持っていくようにと言われまして」

思わず「おお」と声が出る。仙米堂は大北座贔屓《ひいき》の菓子屋で、ここの羊羹は由之助の大好物なのだ。

「ありがとう。兄さんに礼を言っておいてください」

「いえ、それは、坊ちゃんから言っていただきませんと」

「ん？」

「大きな声では言えませんが……奥様が、坊ちゃんに会いたがっておいでです」

ああ、と、由之助は曖昧な笑みを浮かべた。

さてどうしたものか、と由之助は眉根を寄せる。

初江の溺愛は、時として重く感じることがある。

そんな初江が、これまで一度も由之助に会いに来なかった。やはり、腐っても大北座頭取の妻。きっと、由右衛門や相良の面目を潰してはならないと我慢をしているのだろう。

とはいえ、こうして由右衛門が寛太を寄越させるあたり、その初江の我慢もそろそろ目に見えて限界に来ているにちがいない。つまり、この羊羹は「一度帰ってこい」との由右衛門からの合図だ。

由之助だって会いたくないわけではない。それに――もうひとり、兄夫婦とは別に、会いたい人がいる。

仕方がない、と溜め息をつき、由之助は「明日、家に帰りますと、兄さんに伝えてください」と寛太に言った。


翌朝、朝餉を終えると、由之助は燕石に断りを入れて家を出た。

久しぶりの道を、なぞるようにして実家に帰る。

由之助の実家のある浅草は、帝都の中でも少し特殊な場所だ。珍しい観覧車や西洋建築の商店が立ち並び、巷《ちまた》では文明開化の娯楽の殿堂などと称されている。雑多で賑やかで、こんな場所はほかにないと由之助は思う。

道を練り歩くカルサン姿の広目屋から広告ビラを受け取り、由之助は、見なれた和洋折衷建築の建物の前に立つ。

由之助の実家、大北座だ。

ふと覚える懐かしさに、首を伸ばして中を覗き込むと、ちょうどロビーを掃除していた寛太と目が合った。

「お帰りなさいませ」

寛太は満面の笑みを浮かべた。

「頭取と奥様がお待ちですよ」

「うん、ありがとう」

頭取室は二階の一番奥だ。楽屋入口から入って内階段を上り、頭取室へ向かう。

と、その途中で、大部屋の若い女優達と擦れちがった。

「皆さん、おはよう」

「おはようございます。お久しぶりですね、坊ちゃん」

大北座では、たとえ深夜でも「おはようございます」と挨拶する決まりになっている。

それは演者も裏方も同じだ。

大部屋の女優達は皆、着古したヨレヨレの稽古着を着ていた。まだ誰からもパトロネージュを受けず、当然、ロレットにもなっていない女優達だ。

ここから、どれだけの女優が上に這い上がっていくのかは誰にも分からない。演者の世界は、挫折する者だって少なくない。実力と運のある者だけが舞台の中央で大きな照明を浴びることができるのだ。

さらに廊下を進むと、突き当たりに摺り硝子の嵌め込まれた木製扉が見えた。頭取室の扉だ。

コンコン、と扉を叩く。すると、間髪容れずに扉が開いた。

扉を開けたのは、義姉の初江だった。

「まあ、お早いお帰りで！」

厭味な言葉とは裏腹に、初江は満面の笑みで由之助を出迎えてくれる。

「義姉《ねえ》さん、お元気そうで」

「由之助さんもお元気そうで。燕石先生のお宅で、ちゃんとご飯をいただいているようね」

「まあそう。こちらに文も寄越さないから、一体どんな生活をしてるんだろうかと思ってたんですよ」

「燕石の家には、有能な女中さんがいるんですよ」

初江の言葉には、チクリと痛い棘《とげ》がある。

返す言葉もないまま室内に入ると、執務机の前に腰を据えていた由右衛門が、「お早いお帰りで」と、これまた初江と同じことを言った。

「兄さん、仙米堂の羊羹、ありがとうございました」

上着の懐から取り出した手拭いを由右衛門に返すと、由右衛門は「美味《うま》かったかい？」と由之助に聞く。

「はい、とても」

「どうだい、懐かしくて里心がついただろう？」

はい、と由之助は笑う。

その様子にうれしそうな笑みを浮かべながら、初江は由之助に長椅子をすすめる。卓の上には既に茶菓子が用意してあり、初江はいそいそとお茶の用意を始めた。

「それで、どうなんだい？　由之助は、燕石先生とうまくやってるのかい？」

「はい。時々、奇妙なこともありますが」

「奇妙なこと……か。まあそうだろうなあ。魚目亭燕石って名前からして奇妙だからなあ」

由右衛門の言葉に、由之助は苦笑いを浮かべる。

燕石の名前は〝魚目燕石《ぎょもくえんせき》〟に由来している。読んで字のごとく〝魚目〟は魚の目玉、〝燕石〟は燕山という山から採れた石のことで、魚目も燕石も宝玉に似ているが、似ているだけで価値はない。つまり〝価値のない紛《まが》い物〟という意味の名を、燕石はあえて自らの筆名にしたのだ。

多少のことには動じない由右衛門だが、きっと燕石の浄天眼には、少なからず訝しむ気持ちを持っているだろう。とはいえ、真っ向から否定するわけでもない。表面上はのらりくらり。由右衛門とはそういう男なのだ。

「それで、今はなにをしているんだい？」

「今日は縁台を作っていました。燕石の仕事がひけたら、一緒に将棋でも指そうかと思って」

「へえ、お前が大工仕事をしたっていうのかい？」

　由右衛門は大きく目を丸めた。

「これは驚いた。ここにいる時は、そんなこと教えたことはなかったはずだが。一体誰に習ったんだ？」

「千代さんという女中に。ちゃんと図面の引き方から教わったんですよ。千代さんは若いけど有能な人で、できないことなんてないんじゃないかと思うほどです」

　へえ、と由右衛門は感嘆の声を上げる。商売柄たくさんの人間を見てきた由右衛門だが、千代のように大工仕事の基礎からできる女など、まず出会ったことがないからだ。

　すると、それまで黙って耳を傾けていた初江が、「ねえ由之助さん」と、じれたように口を挟んだ。

「燕石先生のお世話は、もう十分したでしょう？　相良さんの顔も立てたことだし、そろそろ大北座に戻って来たらどうなんです？　ほら、うちの人と番頭さんだけだと、劇場の仕切りもなにかと大変だし、それにね、なんてったって、由之助さんは大北座の跡取りなんですから。他所の家で下男みたいに大工仕事なんて……ねえ」

しまった、と由之助は小さく肩を竦める。

含みを持った初江の語尾には、明らかな不満の色が見て取れた。由之助にとって大工仕事は娯楽のひとつなのだが、初江にとっては、我が子のように育てた義弟が扱《こ》き使われているように思えて、どうにも我慢がならないらしい。

やれ困ったと思っていると、不意に由右衛門が「ああ、そういえば」と両手を打った。

「なあ初江。由之助に渡したいもんがあったんじゃないのかい？」

これは話題逸らしのいい助け舟だ。

「あらそうだった」

初江は立ち上がり、棚の中から風呂敷包みを取り出す。

「由之助さん、これを」

はい、と受け取り、風呂敷の結び目を解くと、真新しいシャツが出てきた。

「そろそろ新しいのが入り用じゃないかと思って」

それは、上等な平織り綿のシャツだった。しかし、今の由之助のシャツだって、そんなに古いものではない。

「心配無用ですよ、義姉さん。無給で燕石の世話をしているわけではありませんし、俺も十六ですから、着る物くらい自分で用意できますよ」

思わずそう言うと、初江はピクリと眉を吊り上げた。

「こ、こら由之助、有り難く受け取っておけ」

慌てて由右衛門が口を挟む。

「初江はな、お前がちゃんと飯を食っているか、まともな生活を送っているか、物ぐさをして着たきり雀になってるんじゃないかと、いつも気を揉んでるんだよ。ここは『ありがとうございます』と頭を下げるのが、親孝行ならぬ義姉孝行ってもんだ」

たしかに由右衛門の言うとおりだ。由之助は慌てて、「義姉さん、生意気を言ってすみませんでした」と、素直に頭を下げる。

「ほら、由之助もこう言ってることだし、お前もほどほどに機嫌を直してやりな」

初江の機嫌を取りながら、由右衛門はちらりと由之助に視線を滑らせる。

「それに、由之助はちゃんと着てくれるだろうさ。なんてったって小梅《こうめ》が仕立てたシャツだからなあ」

「小梅が？」

その名前に、由之助は弾かれたように頭を上げた。

由右衛門はしたり顔で口の端を上げ、「よかったなあ、由之助」と笑う。

「ほら、早く小梅のところに行って、顔を見せてやりな」

頭取室を出て階段を下り、由之助は一階の廊下を奥に進む。

大北座の一階は、奥に進めば進むほど殺風景で薄暗くなる。基本的に、そこは大道具や小道具の倉庫、裏方衆の休憩室となっており、明かりや調度品も、必要最低限のものしかないからだ。

そして、由之助が向かう針子部屋もまた、一階の奥にあった。

懐かしい扉の前で足を止め、由之助は軽く深呼吸する。

コンコンと、ノックを二回。

「はい」

声が聞こえた。

由之助は勇んで扉を開ける。と、由之助の目に鮮やかな〝色〟が洪水となって飛び込んできた。モスリンや天鵞絨《ビロード》の豊かなドレープ。華やかなレースに造花の髪飾り。全て、舞台で着る衣装のドレスだ。

「由之助さん！」

その『色』の隙間から、白いエプロン姿の少女が、ひょこりと飛び出した。

「いつ帰っていらしたんですか？」

「ついさっき。兄さんが、早く小梅に顔を見せてこいって言うから」

「まあ！」

大仰な小梅の仕草に、つい由之助も笑みをこぼす。

小梅は、ひとつ年下の由之助の許婚だ。

本名を峯尾《みねお》小梅といい、かつて大北座で看板を張っていた女優の峯尾紅梅《こうばい》とその後援者との間に、密かに生まれた娘だ。しかし、紅梅は産後の肥立ちが悪く、残念ながら小梅が一歳を迎える前に他界してしまった。

その後、小梅は北原家に引き取られ、由之助とは兄妹のように育ったのだが、由之助が十三、小梅が十二の時に由右衛門夫婦――とくに初江の強い勧めもあって、ふたりは許婚の仲になった。

周囲は勿論、本人達もとくに異論はなかった。

まだ籍を入れていないとはいえ、由之助にとって小梅は大切な家族だ。

数ヶ月ぶりの再会にもかかわらず、小梅は以前と変わらぬ笑みを由之助に向けてくれた。顔を見に帰るどころか文さえ寄越さず、ずっと音信不通にしていた自分に、愛想を尽かしたのではないかと内心不安に思っていたのだが、どうやら、それは杞憂だったらしい。

「忙しそうだね」

「はい、暫く休みなしなんです。来月からの公演にこの衣装を間に合わせないといけないので」

口ではそう言っているが、小梅は手を止めたまま、垂れ気味の丸い目を瞬きもせず、じっと由之助を見つめている。

目は口ほどに物を言うとはいうが、小梅の目は饒舌《じょうぜつ》だ。うんうん、と由之助は無言で相槌を打ち、小梅の細い肩に触れようとした……その時。

「ここにもひとり、ございますよ」

突然聞こえたしわがれ声に、由之助はハッと我に返る。

視線を動かせば、天鵞絨のドレスの陰から年配の女――針子部屋の主、お信《しん》が姿を現した。

「なんとまあ、坊ちゃんの冷たいこと。久しぶりに帰って来たと思ったら、皺だらけの婆の姿なんて、すっかり見えなくなってしまわれたようで」

しまった、お信のことを忘れてた、と思ったところでもう遅い。

由之助が取り繕いの言葉をかけるより早く、お信は「そんなに小梅だけを見たいんでしたら、もっと頻繁に帰って来たらよろしゅうございますに」とチクリと棘のある言葉を続ける。

「み、見えなくなったわけじゃないですよ。たまたま、お信の姿が目に入ってこなかっただけのことで」

「ええそうでしょうとも、ちゃんと見えていらっしゃるんでしょうとも。だってね、お信がオシメを替えて差し上げた坊ちゃんは、他所様のお宅に出かけたままふた月以上も家族に音沙汰なしなんて、そんな不義理をなさるようなお方じゃございませんからね」

うう、と由之助は言葉を詰まらせる。

お信の存在に気づかなかったことと音沙汰なしだったことは、本来ならなんの関係もない。けれど、お信の中でそれはしっかりと結びついていて、故に、厭味《いやみ》の種になっているのだ。

「――心配かけて、すみませんでした」

するとお信はフンッと鼻を鳴らし、「その言葉、お忘れになりませんように」とだけ言って、何事もなかったかのように黙々と衣装を縫い始めた。

今は針子部屋の主となっているお信も、その昔は大北座の前身、大北手妻一座の女手妻師《は》として名を馳せた人物だ。異国からのお客にも人気があり、〝美貌の女マジシャン〟などとハイカラな肩書きで呼ばれることもあったのだという。

引退後は劇団となった大北座に残り、女だてらに裏方衆を束ね、そのまま針子部屋の主に納まった。また、劇場の敷地内にある北原家に住み込み、頭取として忙しくしている兄夫婦に代わって、幼い由之助と小梅を育ててくれた。溺愛が過ぎる環境において唯一、由之助を正面から叱ってくれる存在なのだ。

名残惜しそうにペコリと一礼し、小梅も自分の仕事に戻る。

由之助の妻になることが――つまりは未来の頭取の妻になることが決まっている小梅は、現在、お信の下で裏方を取りまとめる修行をしている。針仕事も、その一環らしい。

手持ち無沙汰の由之助は、邪魔にならないよう部屋の隅に腰を下ろす。小梅と話がしたいのは山々だが、今はこうして姿を見つめているだけでもいいだろう。

暫くの間、小梅とお信は、布とレースと針と糸に集中していた。

が、パフスリーブとかいう大仰な形の袖を縫い終えたところで、ふと、お信が溜め息をついた。

「――仕方ない。少しだけでございますよ」

言いながら、お信は手にした針を懸吊機《けんちょうき》の針山に戻す。

「そうやって物ほしげに見つめられてちゃあ、こっちも気になって仕方ありません。どうぞ、小梅とお話しくださいまし。ただし、少しの間だけでございますよ。積もる話もおありでしょうが、今日は午後から布地業者が来ることになっておりますし、仮縫いの作業も立て込んでおります。少しだけ話をしたら、すぐに小梅をお信に返してくださると約束してくださいまし」

お信の申し出に、由之助は「ありがとう」と笑みを浮かべる。

「お信さん、ありがとうございます」

小梅も笑って、頭を下げる。

素早く立ち上がり、由之助は針子部屋を出た。その後ろに小梅が続く。

向かう場所は、いつものところ——針子部屋よりさらに奥の、照明倉庫。その名のとおり、舞台で使う予備の照明や備品が保管されている場所だ。

常に修繕補修が必要な小道具部屋や大道具倉庫とはちがい、照明倉庫は人の出入りが少ない。一応、演目ごとに照明を取り替えることになっているのだが、一度設置してしまえばそのままということが殆どなので、長期公演の演目ともなると出入りのなさはなおさらだ。

昼間でもあまり日の光が差し込まない、薄暗い場所。

数えきれないほどの照明機材の隙間に、由之助と小梅は向かい合わせにして立つ。

「——この部屋に来るのも、久しぶりだな」

由之助の言葉に、小梅も「はい」と頷く。

演者や裏方衆が常時いる大北座において、本当にふたりきりになれる場所などこんなところしかない。

立ち込める、照明機材特有の金属のにおい。幼い頃、悪戯をしてはここに閉じ込められたものだと、ふたりは昔を懐かしむ。

「外は楽しいですか？」

小梅の問いに、由之助は「うん」と頷き、続けて「いつも俺だけごめんな」と返す。

由之助同様、小梅も由右衛門達から外出を制限されていた。いや、由之助以上に制限されていると言った方が正しいかもしれない。

詳しいことは由之助にも分からないが、かつて峯尾紅梅の狂信的な贔屓《ファン》が大きな問題を起こしたことがあったらしく、過保護な初江は勿論、由右衛門やお信まで、小梅を自分達の目の届くところに置いておきたいと思っているようだった。

「ずっと連絡しなかった俺が言うのもなんだけど、みんな元気そうでよかった」

「あの、そのことなんですが……」

小梅は軽く眉根を寄せ、由之助の上着の袖をきゅっと摑んだ。

「奥様、ずっと由之助さんのことを心配なさってたんですよ。ここ三日ほどは、とくに」

「え？　三日って？」

「三日前、巡査の岡田さんがいらっしゃって、凄く怖いお話をなさったんです」

この時まで由之助は知らなかったのだが、相良と岡田は折を見ては大北座に立ち寄り、燕石宅での由之助の暮らしぶりを、兄夫婦に報告してくれていたらしい。

勿論、由之助がひとりで外に出歩いていることや、先日の鶴田屋姉弟拉致殺人事件の事後調査をしていることも話した。

初江が憤怒の形相になったことは言うまでもないが、街には常に巡回中の警官がおり、由之助自身も危険な場所には近寄っていないこと、また、事件の事後調査には常に自分達が付き添っている旨を説明して、どうにか初江の怒りを鎮めていたという。

ところが三日前、いつものように大北座に立ち寄った岡田が、初江を前に「ここだけの話だが」と、うっかりとんでもないことを口走ってしまったのだ。

「先日、横濱《よこはま》の居留地近くで、ちょっとした揉め事があったそうなんですけど」

「うん」

「お酒に酔った異人さんが、夜道を歩いていた学生さんを、腕尽くで連れ去ろうとしたんだそうです」

「――うん」

「熊のように大きな異人さんだったみたいです。学生さんが大声を上げたので事なきを得たそうですが、岡田さんによると、その異人さん、どうやらアチラ……その、衆道の趣味がおありだったそうで、もし狙われたのが由之助さんだったとしたら、おそらく逃げ切ることはできなかっただろうと」

「………」

「燕石先生のお宅の辺りには、もと薩摩藩士の方が何人か住んでいらっしゃると聞きますし、薩摩藩といえば、昔は衆道の方が多いことで有名でしたから、奥様は、そのことをとても心配していらっしゃって……」

「あのね、小梅、それは」

「お信さんも、『若いうちに衆道の味を覚えたら、大人になっても治らない。だから由之助さんも気をつけなければ』って、怖いことを仰るんです」

思わず由之助は頭を抱えた。

由右衛門が寛太に羊羹を持たせたのは、これが原因だったのだ。由之助の貞操を心配し、大騒ぎする初江の姿が目に浮かぶ。軽い世間話とはいえ、岡田もいらぬことを言ったものだ。

とりあえず、「俺にそういう趣味はないし、まったく心配ないから」と言うと、小梅はホッと安堵の表情を浮かべる。

「そうですか。では、奥様に伝えておきます」

そして、そう嬉しそうに微笑んだ。

「ところで、お暇《いとま》はいつまでですか？　それとも、もう燕石先生のところに戻らなくてもいいのですか？」

「いや、今日中に戻るつもりだよ」

「え？」

途端に小梅の顔が曇った。どうやら、暫くは実家にいるものだと思っていたらしい。

「ゆっくりしていくことはできないんですか？」

「うん、そうしたいところだけど、そろそろ燕石の仕事がひけそうだし、そうなると、俺がいないと困るから」

小梅は「そうですか」と口をへの字に曲げ、押し黙ってしまった。

我《わ》が儘《まま》を言っているのは、由之助だって自覚している。小梅は真面目に修行に励んでいるというのに、当の跡取りである自分は、こうしてふらふらと他所で暮らしているのだ。普通なら怒って当然だろう。

しかし、小梅はなにも言わない。

もう由之助とは口も利きたくないのか。それとも、そもそも由之助に興味を失ってしまったのか。

「怒ってる？」

急に不安になり、由之助は聞く。

すると小梅は「分かりません」と答え、「ただ、必ず帰ってくるって約束してくれなきゃ嫌です」と続けた。

「ちゃんと帰ってくるよ。でも……」

ふと俯き、由之助は自分の心に問いかける。そして、自分はずっと自由がほしかったのだとしみじみ考える。

贅沢な考えであることは重々分かっている。大きな劇場の頭取を継ぐことが決まっていて、優しい家族も、かわいい許婚もいて。

なに不自由のない生活であるけれど、それでも由之助は、自由がほしかった。

ほんの少しでいいから、自分で選び、自分で進む自由がほしかった。

「──あのさ、俺ばかり我が儘をするのは不公平だからさ、小梅の我が儘も聞いてあげるよ」

「我が儘、ですか？」

「うん、なにかない？」

小梅は小首を傾げた。そして頭を巡らせるように視線を揺らしたあと、「じゃあ、ひとつだけ、お願いがあります」と言った。

「接吻をしてみたいです」

それは予想外の言葉だった。

「なんで？」

由之助が聞くと、「お信さんに、一度してみなさいと言われたから」と小梅は返す。

「許婚というのは、普通、そういうことをするものらしいんです」

「うーん、接吻かあ……」

奇妙なお願いだと思ったが、しかしながら、まったく理解できないわけでもない。

芝居の中でもそういった場面はあるし、女優と後援者が楽屋で接吻をしているのを見たこともある。

接吻は男女の交情に不可欠な行為であると頭では分かっているのだが、小梅とは兄妹だった期間が長すぎて、自分達がそれをするなどということに、由之助は今まで一度も思い至らなかったのだ。

「うん、分かった。じゃあ、してみよう」

そう言った次の瞬間、由之助は素早く腰を屈め、小梅の唇に自分の唇を重ねた。

不意を突かれた恰好の小梅は、「あっ」と声を上げ、ぺたんとその場に尻餅をつく。

「どうした？」

「わ、分かりません。ただ、急だったので、ちょっとびっくりして」

「そうか……」

きちんと唇を合わせたつもりだったが、しかし、やり方が悪かったのかもしれない。

というか、よくよく考えてみれば、楽屋で見た交情とはなにかがちがうような気がする。

ではもう一度、と、由之助は抱き上げるようにして小梅を立たせた。

今度は腰を抜かしても大丈夫なように、由之助は小梅の腰を両手で抱え込み、小梅も由之助の首に手を回して、お互いを固定する。

ああそうだ、たしかこういう所作をしていた、と納得して、再び唇を重ねる。

軽く呼吸を止める。

不思議と、体が熱くなる。

今までにない心地よい緊張感と、温かな充足感。

目を閉じてしまったので小梅の表情は分からないが、やはり、この所作で正解なのだろうと由之助は思う。なぜなら、唇を離したあとも、お互いに巻きつけた腕を離すことができないから。

ああ、これが愛しさという気持ちなのだろうか。

「――そういえば、まだ言ってなかったけど、シャツ、ありがとう。大事に着るから」

心臓の甘い高鳴りが止まらない。

擦れた声で言う由之助の腕の中で、「はい」と小梅は微笑んだ。

「近いうちに、また顔を見せに帰るから」

「本当ですか？　約束ですよ？」

「うん」

「約束を破ったら、針千本飲ませますからね？」

うん、と由之助が頷くと同時に、倉庫の外からふたりを呼ぶお信の声がした。

ようやくふたりは互いの腕を解き、お信の待つ明るい場所へと出た。


「ただいま帰りました」

由之助が大北座を出て、燕石の家に戻ったのは、午後三時頃のことだった。

ガラガラと玄関の引き戸を開けると、ちょうど三和土《たたき》を掃き掃除していた千代が「お帰りなさいませ」と迎えてくれた。

「せっかくですから、もっとゆっくりしていらっしゃればよろしかったのに」

「はい、でも、あまり長居をすると、また義姉が騒ぐので」

あのあとの初江の攻勢は凄まじかった。あれやこれやと由之助に喋り続け、話が尽きると食事や菓子や茶を出した。

一分でも一秒でも長く、由之助を自分のもとに留めるための作戦だったのだろうが、しかし由之助の方も、もうそんなことで誤魔化されるような歳ではない。

素直に燕石のもとへ帰る旨を伝えると、今度は泣き落としが始まった。帰る意思を固めていた由之助だが、初江の涙を前にすると、その意思も弱くなる。が、そこで助け舟を出してくれたのが由右衛門だった。

由右衛門は、「まあ、男なら誰だって、家族から離れてみたくなる時期っていうのがあるからな」と言い、「由之助にその時期が来たってことは、お前が由之助を立派に育てあげたって証拠だよ」と、愚図る初江を説得してくれた。

お陰で、由之助は燕石の家に戻ることができた。後ろ髪を引かれる思いがなかったと言えば嘘になるが、由之助にはもう少しだけ、大北座にはない生活を味わいたいという思いがあったのだ。

「ところで千代さん、燕石は？」

靴を脱ぎながら、由之助は千代に聞く。

すると千代は、着物の懐から出した紙切れを、そっと由之助に手渡した。

『暫く寝る』

乱雑な走り書きのそれは、明らかに燕石の筆跡だった。

「どうやら、お仕事にキリがついたようですよ」

「はあ……」

まあそれは別にいいのだが、たったそれだけのことを、わざわざ書かなくとも口で伝えることはできないのだろうか。由之助の感覚からすれば、とても無駄なことのように思えるのだが。

すると千代は、その紙切れを、また懐にしまった。由之助が「それ、捨てないんですか？」と聞けば、「ええ、捨てませんよ」と、至極当然のように千代は答える。

「主人の書き物を、主人の許可なく捨てることはできません。これは、燕柳館の女中の決まり事なんです」

「へえ、そんな決まりがあるんですか」

由之助は頷いたが、しかし不思議だ。

千代は燕石の浄天眼を恐れているから顔を合わさないという話なのに、実際に恐れているような素振りを見たことは一度もない。

それに。

「あの、千代さんって、子供の頃、どうやって燕石の子守りをしてたんですか?」

「え? いいえ、私は若旦那様の子守りなどしておりませんよ。だって、私より若旦那様の方が年上ですし」

「でも、この前、千代さんは子守り奉公で燕柳館に来たって、相良さんが……」

と、その時、「ごめんください」と玄関が開いた。

見ると、そこには由之助と歳の変わらない若い娘が立っていた。薄紅の小紋に海老茶の行灯袴《あんどんばかま》を着けた、いかにも女学生といったいでたちの娘だ。

この家に若い娘のお客なんて珍しい、と由之助が思った次の瞬間、娘は「千代ぉ!」と叫んで、出迎えた千代に駆け寄った。

「まあ翠子《みどりこ》様、お久しゅうございます。おひとりでここまでいらっしゃったんですか?」

「千代ぉ……」

翠子と呼ばれた娘は、今度は急にボロボロと涙をこぼし始めた。

千代は「あらあら、どうなさったんですか」と袂で涙を拭ってやり、よしよしとなだめるように翠子の背中をさする。それはまるで、幼子をあやしているようだった。

不思議に思いながら見つめていると、ふと千代が「そういえば由之助様は、翠子様とお会いになるのは初めてでございますね」と微笑んだ。

「こちらは、若旦那様の妹様で、柳谷《やなぎたに》翠子様です」


燕石が眠っているからと、千代は、燕石の部屋から一番遠い自分の部屋に翠子を招き入れた。

成り行き上、由之助も同席する。

千代の部屋に入るのは初めてだった。小奇麗で、広さも調度品もほどよくあり、とても女中部屋のようには思えない。

千代は懐に入れていた紙切れを棚の文箱に片付けると、「涙は止まりましたか？」と、翠子の隣に腰を下ろした。

翠子の涙は完全に止まっていたようだが、今度は見事な膨れっ面になって、フンフンと鼻息荒く文句を言っている。

「兄さんったら酷いわ！　私から千代を取った上に、私のことを由之助さんに隠していたなんて！」

「いいえ、隠していらっしゃったわけではないんですよ。きっと言いそびれていらっしゃったのだと思うんです。若旦那様は、ほら、あのとおりのご性格でいらっしゃいますから」

あの燕石のことだから、言いそびれていたのではなく言い忘れていたというのが正しいような気もするが、まあ、翠子にとってはどちらも同じことだろう。いないものとされていたことにちがいはないのだから。

ふたりの話によると、翠子は、燕石より十一歳も年の離れた妹だという。

相良が言っていた千代の子守り奉公とは、この翠子のためのものだった。千代の利発さを気に入った翠子の父親が早く燕柳館の環境になれておいた方がいいだろうと、翠子が母胎にいるうちから雇い入れられたらしい。

翠子が女学校に上がる歳になると、千代は燕柳館の方ではなく、奥向きの柳谷家――つまりは燕石の家の女中として働き出した。そのあと、燕石の独立に伴い、この別宅に越して来たのだそうだ。

「私は嫌だって言ったんですよ！」

まるで訴えるかのように、翠子は由之助に向かって金切り声を上げる。

「千代は私の女中なんです！　それなのに、兄さんが千代を連れていくって！　父さんも母さんも、それがいいって！　千代がいれば、ひとり暮らしになっても大概のことには困らないだろうからって！　みんな兄さんのことばかり！　私は千代がいなくなって困ってるのに！」

うわあああん！と、また子供のように泣き出した翠子を、千代は「よしよし」と慰める。

なにをどう返答していいのか分からず、由之助は翠子の言葉に対し、こくこくと無言で頷いていた。

燕石もなかなか癖のある性格だが、妹の翠子も、ちがう意味で癖のある性格のようだ。感情表現が幼い――もとい豊か過ぎて、とても小梅と同い年とは思えない。

しかし、面白い。こう思えてしまうのも大北座で育ったからこそだと由之助は思う。学校には行かず、師範学校出の番頭に勉強を教わっていた由之助は、同世代の人間と接触することがあまりなかった。

だから、こうして私的なことをベラベラと話す同世代の他人など、生まれて初めて見たのだ。

「さあさ、そろそろ泣きやんでくださいませ。由之助様がびっくりしていらっしゃいますよ」

千代が花紙を差し出すと、翠子はそれを手に取り、チン、と仔犬のくしゃみのような音を立てて鼻をかんだ。

翠子がようやく落ち着きを取り戻したところで、もと子守り女中らしく千代は聞く。

「ところで、千代がいなくて困っていることとはなんなのですか？」

「それは……」

「はい」

「――眠れないの」

もごもごと、口篭るように翠子は言う。

「まあ、それは困りましたね。どこかお加減でもお悪いので？」

「分からないの。でも、なんだか嫌な感じがして、目を閉じても全然眠れなくて、誰かにそばにいてほしいのに、みんな、まだ店で仕事をしていて……」

翠子は、なにかを思い詰めるように深い溜め息をついた。

まるで子供の駄々だ。

それでも千代は、「然様でございましたか。そんな時におそばにいられなくて、申し訳ありません」と、自分に非がないにもかかわらず頭を下げる。

「あのね、千代。それで私、今すぐ兄さんに相談したいことがあるの」

「今すぐと申されましても……若旦那様はお仕事を終えられたばかりで、今は休んでおられます。日を改めることは無理でしょうか」

「駄目！　そんなの無理！」

また涙目になる翠子に、千代は困惑の表情を浮かべる。

「そう言われましても、若旦那様はお疲れですし……。どうしましょう……」

千代がつぶやいた次の瞬間、翠子は突然、「千代、ごめん！」と立ち上がった。

「私、兄さんを起こしてみる！　大丈夫、千代に迷惑をかけないから！」

そういう問題ではないのだが、翠子は猪突猛進らしい。こちらの返答も待たぬまま、脱兎のごとく部屋を飛び出した。

「あっ」

一瞬の出来事だった。部屋の中には、翠子を止められなかった千代の短い叫びが響き渡る。

「ち、千代さん！　俺がなんとかしますから！」

慌てて立ち上がり、由之助は翠子を追いかける。なにせ、燕石と千代は紙切れで会話するような間柄だ。つまり燕石の寝所に入り、この事態を解決できるのは、今、由之助しかいないのだ。

翠子の足は想像以上に速かった。由之助が廊下の角を曲がった時、既に翠子は燕石の部屋に進入してしまっていた。

「なにこれ！　臭い！　汚い！」

翠子の金切り声が家中に響き渡ったのは、その直後のこと。

ひと足遅れて到着した由之助が見たのは、いつにも増して悲惨な光景だった。

もともと片付いているとは言い難かった燕石の部屋だが、仕事明けの今は、さらに惨状を極めていた。畳の上には、乱雑に投げ置かれた書物類と丸めた原稿用紙、それに意味不明の走り書きが書かれた紙切れが散乱し、壁にはなぜかインクの染みが散っている。

しかも臭い。非常に男臭い。

普段は千代ができる範囲で掃除をしているが、燕石が仕事に没頭し始めると、この部屋は何人たりとも立ち入り禁止となる。布団は敷きっぱなしになるし、由之助の記憶が正しければ、たしか三日前から風呂にも入ってなかったように思う。

翠子は「もう！」と憤怒の声を上げると、白足袋《しろたび》を汚さないよう爪先立ちで部屋を移動し、締め切っていた窓をガラッと開放した。

空気の淀みきった室内に吹きさらしの寒風が入り込み、慌てて由之助は文机の上の原稿用紙に文鎮を置いた。散らかった紙屑がどうなろうと構わないが、このできあがったばかりの原稿が吹き飛ばされるのだけはご免被りたい。

「兄さん！　起きて！」

翠子が声を上げた瞬間、丸めた原稿用紙が寒風に吹き飛ばされ、飛礫《つぶて》となって燕石の顔を直撃した。

ぐあ、と燕石はひき蛙が潰れたような声を上げたが、それも一瞬のことで、燕石はまた安らかな寝息を立て始める。

「み、翠子さん、燕石は寝起きが悪いから……」

由之助はなんとか翠子をなだめようとしたが、しかし、翠子の興奮状態は治まらない。

爪先立ちのまま、ズカズカと燕石の布団に歩み寄る。

「兄さんってば！」

翠子は、ガバッと掛け布団を捲り上げる。

さすがの燕石もフランネルの寝巻き一枚とされてしまっては、目を覚まさないわけにはいかない。

「なんだ……？」

ようやく薄目を開けて、燕石は爪先立ちの翠子を見上げる。

「起きて。兄さんに相談したいことがあるの」

「ああ……そういうのはな、あとにしてくれ。疲れてるんだ……」

言いながら、燕石は掛け布団を取り返し、また眠りの中に堕ちようとする。

しかし、翠子は引き下がらない。再度、布団を奪い「聞いてよ！　大事な話なの！」と懇願する。

「うんうん、起きたら聞く……から……というか、いくらなんでもその恰好はやり過ぎだと思うぞ……その恰好……どこで……」

「え？」

「あー……実家かあ……実家には女学生の衣装がたくさんあるんだろうなあ……」

「な、なに言ってるの？」

「なにって、なあ……まあ似合ってはいるが……いくら私を驚かそうったって……女装は駄目だぞぅ……由之助ぇ……」

さすがに、これはまずい。

「兄さんの馬鹿！　本当に私のこと忘れちゃったのっ？」

「み、翠子さん、落ち着いて！」

慌てて由之助はふたりの間に入ろうとする。

しかし、遅かった。滑り込ませた由之助の体を擦り抜けるように、振り上げた翠子の平手が燕石の頬に直撃した。

「もう知らない！　金輪際、千代は私のところに返してもらいますからね！」

§

「鋏《はさみ》〜包丁〜剃刀《かみそり》砥ぎ〜」

ようやく閉めた窓の向こうから、砥ぎ屋の賑やかな呼び声が聞こえてきた。

そういえば、今度この界隈に砥ぎ屋が廻ってきたら、剃刀を砥ぎに出しておいてくれ、と燕石に頼まれていたなあ……と由之助は思ったが、この状況ではとても砥ぎ屋を呼びにいくことなどできない。

とうとう爪先立ちを諦めた翠子は、埃だらけの畳の上に正座した。今は白足袋や行灯袴の汚れを気にするよりも、怒りの方が勝っているらしい。涙目で燕石を睨みつける表情が、それを物語っている。

その正面には燕石が座っていた。打たれた頬をさすり、寝不足のどんよりとした目を由之助に向ける。

「——なあ、由之助。これは一体どういうことだい？」

「あー……ええとですね、翠子さん、最近眠れないので、燕石に相談がしたかったんだそうです」

「ほう。それで、翠子の寝不足と千代に、なんの関係があるんだい？」

「眠れないから千代さんにそばにいてほしいのに、燕石に盗られてしまったと……」

「――ああ」

そういうことか、とつぶやいて、燕石は頭をガリガリとかいた。

すると、脂っぽい黒髪の間から白いフケがボロボロと落ち、思わず由之助と翠子は、「ひっ」と短い声を上げる。

「もう！　兄さんったら信じられない！　昔はこんな人じゃなかったのに！」

「こんな人って……さて、私はどんな人だったかなあ」

「汚くなった！」

「仕事明けなんだよ。勘弁しておくれ」

「私のことを忘れてた！　由之助さんとまちがえた！」

「忘れてなどいないが、まちがえたことは申し訳なかった」

「光太郎兄さんのことも、〝相良〟なんて苗字で呼んでるし！」

「そりゃね、私達はお前より十一も上なんだよ。もう〝光ちゃん〟〝龍《りゅう》ちゃん〟なんて、子供みたいに呼び合うような歳じゃないんだ」

龍ちゃんって誰だ？と由之助は思ったが、すぐに、ああ燕石のことだろうと気がついた。魚目亭燕石は筆名なのだから、本名があって当然だ。

翠子の金切り声が延々と続く中、由之助は部屋中に散らばった紙屑を片付け始めた。

聞いているのかいないのか、燕石は「お前は元気でなによりだねえ」とつぶやいて、大きな欠伸をひとつかます。

「とても寝不足で困っているようには見えないが、まあいいさ、話を聞こう。それで、相談ってのはなんだい？」

すると、あれだけ喚いていた翠子がピタリと口を噤み、ちらりと由之助の方に視線を向けた。

おそらく、他人に聞かれたくない話なのだろう。そう察した由之助は、「じゃあ、俺はこれで」と紙屑を片手に立ち上がる。

「あ！　ちがうの。別に由之助さんにいてもらっても構わないの。ただ……変な娘だと思わないでくれるといいんだけど……」

言いながら、翠子は懐に忍ばせた筥迫《はこせこ》から、小さな箱を取り出した。

それは、マッチ箱程度の大きさの、小さな桐箱だった。

「聞いて驚かないでね？　私が眠れないのは……この小箱のせいなの」

翠子は、手にした小箱をずいずいっと燕石に差し出した。

しかし、燕石は受け取らない。

仕方なく、由之助が代わりに小箱を受け取る。まるで空箱のような軽さだ。にもかかわらず、箱には赤い正絹の組紐がかかり、しかもご丁寧に封紙まで貼られている。この厳重な封は一体なにを意味しているのか。

「なんですか、これ」

由之助が聞くと、「分からないんです」と翠子は首を横に振る。

「女学校の友達で、昌代《まさよ》さんという方からの預かり物なの。決して中は見ないでって言われました。でも……」

翠子は口篭った。

「この箱を預かってから、よくないことばかり起きるんです」

曰く、手伝いで店に出れば客に因縁《いんねん》をつけられ、外に出れば変質者に出会う。野良犬に追いかけ回されたり、無実の罪で女学校のお姉様方に叱られたりもした。

立て続けの不運は漠然とした恐怖に変わり、やがて翠子の日常を蝕《むしば》み始める。

ふと気がつくと、誰かに見られているような気がする。

——眠れない。なにをどうしても眠れない。眠れないから不安になるし、眠れないから怖くなる。苛々もする。

では、不安のもとは、なんなのか。

恐怖のもとは、なんなのか。

苛立ちのもとは、なんなのか。

「――全部、この箱のせいなの」

翠子は言う。全てはこの箱から始まった。得体の知れない、この奇妙な箱から。

俄《にわ》かには信じられない話だが、しかし、翠子の顔は真剣だ。これは冗談ではないのかもしれないと思った由之助は、「では、その昌代さんに返したらどうですか?」と聞く。

「それが……駄目なんです」

「どうして?」

「昌代さん、私にこの小箱を預けた翌日から、ずっと女学校を休んでいらして。そういえば、私に箱を渡した時も具合が悪そうだったし、もしかして、この箱を持っていたせいで体調を崩したのかも……」

尻すぼみになっていく翠子の言葉に薄気味悪さを感じ、由之助は小箱を畳の上に置いた。開けることを禁じられた、この小さな桐の小箱を。

「――馬鹿馬鹿しい」

ふあぁ、と大きな欠伸をしながら、燕石は事もなげに口を挟む。

「その昌代さんとやらがお前に悪戯を仕組んだんじゃないのかい?」

「いいえ、昌代さんは兄さんとちがって真面目な方なの！　決して悪ふざけをするような人じゃありませんから！」

「ほう。悪ふざけではないと言うなら、真っ向から嫌がらせをされたんじゃないか？　然《さ》も意味ありげに空箱を渡して、面白半分にお前を翻弄してるとか」

「やめて！　昌代さんはとても優しい方なのよ！」

「じゃあ、残った答えはひとつだ。全部お前の勘ちがいなんだよ。つまり、その箱を預かったのと、お前の不運が重なった時期がたまたま同じだっただけのことさ。あまり気にするな」

「だって、眠れないし！」

「気にするから眠れなくなるんだろう。気にしなくなれば、また眠れるようになるさ」

「誰かに見られているような気がするの！」

「気のせいだって」

「兄さん！」

「なんだ？」

「馬鹿！　バカバカバカバカ！」

また翠子の金切り声が始まった。

「気にするなって言ったって、そんなの無理よ！　だから、兄さんの浄天眼で箱の中を見てもらおうと思ったのに！」

途端に、燕石のどんよりした目がさらにどんよりしたものになった。

燕石は「冗談じゃない」と溜め息混じりに頭を掻き、「そんなに気になるなら、紐を解いて中を見ればいいじゃないか」とぼやく。

「駄目！　封を解かないって昌代さんと約束したもの！」

「そんなこと言ったって、私の浄天眼を使ったなら、封を解いたと同じことだろう？」

「そ、そうだけど、約束を破ったことにはならないわ」

「なるほど。昌代さんとの約束は破りたくないが、箱の中身をとても怪しいものだと思っている。要するにお前は、とても真面目で優しい昌代さんのことを、完全には信用していないってことなんだな？」

ううう、と小さく唸り、翠子は口を噤んだ。

燕石と翠子のやり取りを、由之助はなんだか不思議な気持ちで見ていた。由之助のところも年の離れた兄弟ではあるのだが、こんなに激しい言葉の応酬をしたりなどしない。こんな兄妹関係もあるのだなと思うと、つい興味深く観察してしまう。

とはいえ、話を聞けば聞くほど、翠子が気の毒に思えてきた。燕石は「気のせいだ」

気のせいにすることはできないだろう。

「あの」

由之助は、睨み合うふたりの間に割って入った。

「少しだけ見てあげたらどうですか？　浄天眼で」

当然ながら、燕石は失望の吐息をつく。

「由之助、お前までそんなことを言うのか」

「だって、このままだと翠子さんが可哀想じゃないですか。それに、燕石の予定は、このあと寝るだけでしょう？　仕事疲れで寝るのも、浄天眼を使って寝るのも、結局は同じ寝ることじゃないですか。それなら少しくらい……ね、どうですか？」

「しかし」

「原稿のことなら心配しないでください。明日の朝一番で、俺が出版社に届けにいきます。それに、このまま翠子さんの不眠が続くと、本当に千代さんを翠子さんのもとに返さなきゃいけなくなりますよ？　そしたら、自分で家事の一切合財をしないといけなくなりますが、燕石にそれができますか？」

ううう、と小さく唸り、燕石は口を噤んだ。

由之助の援護を受けた翠子は、もうひと押しとばかりに、「兄さん、お願い！　後生だから」と、拝むように両手を合わせる。

これまでとばかりに、燕石は小さく舌打ちをした。

「くそっ、これっきりだぞ」

完全な根負けだ。翠子は嬉々として小箱を差し出し、燕石は渋い顔で、その小箱を受け取った。

燕石は目を閉じた。

由之助と翠子は息を吞み、燕石の様子を窺う。――が、時間はそんなにかからなかった。

「――まいったな。こいつは〝アカハラ〟だ」

「アカハラ？」

聞きなれない言葉に、由之助と翠子は同時に首を捻る。

燕石は、ああ嫌なものを見た、とつぶやきながら、小箱を畳の上に置いた。

「アカハラって、なんですか？」

「なんだ、アカハラを知らないのか？　――まあいい。つまり簡単に言うとだな、この箱の中に封印されているのは、〝アカハラの呪い〟ってヤツだったんだよ」

「の、呪いっ？」

ひぃっ！と短い悲鳴を上げて、翠子が後ろに仰《の》け反った。

慌てて由之助は翠子を支える。

「呪いって、本当ですか？　冗談じゃないんですか」

「馬鹿を言うな。こんなこと、冗談で言えるわけがないだろう」

燕石の目は真剣だった。

茶化す様子のない燕石の返答に、由之助は激しく動揺する。

――まさか、立て続けに起こる翠子の不運が、呪いによるものだったなんて。

「そんな……昌代さんが、そんなことを……」

翠子は震えていた。

その顔は硬直し、憐れなほど血の気を失っていた。

コトン、と、障子の向こうで小さな音がした。聞きなれた音に障子を開けると、熱いほうじ茶が入った湯飲みが三つ、いつものように盆にのせられた状態で置かれていた。

ほうじ茶で人心地つける。翠子の顔色は青いままだったが、それでも硬直は解けたようだ。

由之助は空になった湯飲みを置き、改めて燕石に向き直る。

「あの……呪いって、どういうことですか？」

しかし、燕石は答えない。焦れた翠子が「兄さん、教えて」と燕石を急かす。

「さて、お前達はなにを言ってるのかな。さっきは、箱の中を見るだけでいいって言ってたはずだが」

「そ、それはそうですが、まさか、呪いが封印されているなんて思わなくて」

由之助がそう言った次の瞬間、翠子は自分の顔を両手で覆い、しくしくと泣き出した。

アカハラの呪いに効果があるのかどうか分からないが、友人から呪いをかけられてしまったという事実に、少なからず翠子は傷ついてしまったのだろう。

「翠子、泣くのをやめなさい」

泣いている妹に対し、燕石は淡々と声をかける。

「だって」

「泣く必要はない。アカハラはお前に対する呪いじゃないし、そもそも、お前にアカハラの呪いをかけたところで、昌代さんとやらにとってはなんの得にもならない」

「え？」

翠子が顔を上げると、燕石はニヤリと口の端を上げた。

「少しばかり聞きたいんだが……昌代のところに、若い男は出入りしてないか？」

「若い男？　ええと、たぶんいると思うわ。医科大学の学生さんとか、薬種屋の人とか」

「いや、そういうのじゃないな。もっとずっと近くに」

翠子は僅かに首を捻った。そしてすぐに、「あ、田原《たはら》さん」と口にした。

「昌代さんのお父様は大学でお薬の研究をなさっているのだけど、その助手で田原さんという方が、お家《うち》に住み込んでるって言ってたわ」

「どんな男だ？」

「え、ええと、去年医科大学を卒業した人で、無粋で猪みたいにもっさりした大男って聞いたけど……」

言いかけて、翠子はハッとする。

「もしかして、箱の中身以外も見てくれたのっ？」

「乗りかかった舟だからねえ」

ありがとう！と喜ぶ翠子にニヤリと笑い、燕石はゆらりと体を揺らした。

「その田原って男が、この〝アカハラの呪い〟の原因だ」

「え！」

笑顔から一変、翠子は瞠目する。

「た、田原さんが呪いをかけたのっ？」

「いや、そうじゃない。田原が呪いをかけたんじゃなく、昌代が田原に呪いをかけたんだ」

「ど、どういうこと？」

「つまり……ああ、いや、それはちがうな。田原に呪いをかけたんじゃなく、正確には、呪いをかけようとしたってとこか」

どうにも歯切れが悪い。

「はっきり言ったらどうですか？」

由之助はけしかける。

すると、燕石は「うーん」と唸り、「これは、昌代って人が秘密にしてることのようだからなあ……さて、私が言ってしまっていいものかどうか……」と、さらに言葉を濁した。

「でも、そこをはっきりさせないと、翠子さんもスッキリしませんよ」

「――うん、まあ、たしかにそうだな。では、ここから先の話は他言無用ということで」

コホン、と軽く咳払いをし、燕石は軽く居住まいを正した。

「――どうやら昌代は、その田原に恋心を抱いているようだ」

ぽかん、と、翠子は口を大きく開けた。

「なんだ、翠子。思い当たる節はないのか？」

「な、ないわ！　だって、昌代さんはいつも『田原さんは無愛想で嫌な人。もっさりしている上に堅物で、話しかけられると息が詰まりそうになる』って言ってるもの！」

焦る翠子を見て、燕石は笑う。

「ああそうか、お前はまだ子供なんだな。その程度の照れ隠しが理解できないとは」

そんなそんな、とか、だってだって、と、翠子は口をパクパクさせた。予想外の展開に頭がついていかないらしい。

が、翠子の頭が追いつくのを、のんびりと待ってはいられない。早くしないと、燕石が眠ってしまう。そうでなくとも、燕石は回りくどい説明をする癖があるのだから。

「で、どうして昌代さんは、田原氏に呪いをかけようとしたんですか？」

翠子の代わりに由之助が問う。すると燕石は、「〝イモリの黒焼き〟というのを聞いたことがあるかい？」と問い返してきた。

「惚れ薬ですよね？　粉にして相手に振りかけたり、飲ませたりして使う」

「ほう、よく知ってたな」

「芝居の台本に書いてあったのを読んだことがあります。昔、イモリは淫欲の強い生物とされていたとか」

「それなら、作り方は知っているかい？」

さすがにそこまでは知らない。由之助が首を横に振ると、燕石は「つがいのイモリを使うのさ」と笑った。

「それも、交合中のな」

「こ、交合中っ？」

由之助と翠子は、同時に声を上げた。

この話は、楽屋で女優と後援者の情交を目にしていた由之助にはともかく、照れ隠しすら理解できない翠子には刺激が強すぎるような気がする。

しかし、ここで動揺するにはあまりにも時間が惜しい。おそらく兄妹とはこういう話をしても平気なものなのだと自分に言い聞かせつつ、由之助は「それで？」と燕石の言葉を促す。

燕石の方も睡魔の足音を感じているのだろう。

「石盤で焼くだの、竹筒で焼くだの、山を間に挟んで別々の場所で焼くだのと色々方法はあるようだが、要は交合中のつがいを強引に引き離し、お互いの姿を見えないようにして、真っ黒になるまで焼くんだ」

と手短に語った。

「〝致してる〟ところを強引に引き離され、生きたまま焼かれる。そのイモリの無念と情念が、惚れ薬の効能につながるんだとかなんとか」

「じゃあ、〝アカハラの呪い〟っていうのは……」

「アカハラってのはイモリの別名。ほら、ヤモリの腹は白いが、イモリの腹は赤いだろう？　まあ、そんな仕打ちをされちゃあ、イモリの方だって呪いたくもなるだろうさ」

薬の効能とイモリの情念になんの因果関係があるのかは知らないけどね、と燕石は笑う。

つまり、小箱の中に入っていたのは黒焦げになったイモリの粉。そして昌代は、田原が自分に惚れるよう、その粉を薬として用いようとしていたのだ。

「じゃ、じゃあ、どうして昌代さんは、このイモリの黒焼きを翠子さんに預けたんでしょうか」

「それはな、怖くなったのさ」

ふふ、と、燕石は小さな含み笑いを浮かべた。

「できあがった〝イモリの黒焼き〟を見て、ふと昌代は冷静になったのさ。薬が効いてふたりが恋仲になれば、まちがいなく田原は破門される。師匠の娘に手を出すなんて、もってのほかだからな。と同時に、薬が効かなかった時のことを考えたら、もっと恐ろしくなった。というのも、イモリの交合ってのは丑三《うしみ》つ時に行われるものなんだ。田原は昌代より遥かに薬種に詳しい。もし田原が、昌代がイモリの黒焼きを作ったと気づいたらどうなる？　昌代は、わざわざ夜半に家を抜け、交合中のイモリの仲を引き裂き、嬉々として黒焼きにする鬼のような娘だと思われてしまうだろう？」

そこまで言うと、燕石は温《ぬる》くなったほうじ茶で咽喉を潤した。

「アカハラの惚れ薬なんて、所詮は眉唾物のまじないだからな。徹夜で惚れ薬を作ったものの、果たして使うべきか使わざるべきか、昌代は悩んだ。それで、翠子にそれを預けることにしたんだ。一度、自分の心を落ち着かせるためにね」

これで、ようやく合点がいった。

それにしても、なんて人騒がせな話なのだろうか。

燕石はやれやれと頭を掻き、

「それにしても、気の早いイモリがいたもんだなあ。イモリの産卵期は、もう少し春めいてからだと思っていたんだが」

と、大きな欠伸をする。どうやら、そろそろ時間切れのようだ。

「さて、もういいだろう？　寝かせてもらうぞ」

燕石は、ずるりと滑るように布団の中に潜り込んだ。慌てて翠子は、「ちょっと待って！」と引き止める。

「ど、どうして昌代さんは具合が悪くなったのっ？」

「風邪だよ、風邪。イモリは水辺にいるものだろう？　この寒いのに夜中、交合中のイモリを探して水辺をうろうろしてちゃあ、誰だって風邪を引くさ」

「じゃ、じゃあ、私が眠れないのや誰かに見られているような気がするのは？」

「だから、そいつは最初から教えてやってるじゃないか」

瞼《まぶた》をとろんとさせながら、燕石はもごもごと口を動かした。

「箱とはなんの関係もない。ただの〝気のせい〟だよ」

§

燕石の部屋から物音がしたのは、それから二日後のことだった。

由之助が障子を開けると、目を覚ましたばかりの燕石が、布団の中からぼんやりと天井を見つめていた。

「おはようございます」

「――ああ、由之助か。何日経った？」

「二日ですよ」

「そうか、思ったより寝たもんだな」

翠子のせいだ、とぼやきながら、燕石は大きな欠伸をする。

「千代さんに、食事と風呂の用意を頼んできますね」

「うん。――あ、いや、その前に煙草盆を取ってくれないか。文机の横にあるから」

煙草なんて珍しい、と由之助は思ったが、言われるまま、薄っすらと埃を被った煙草盆を燕石に差し出す。

と、次の瞬間、燕石が由之助の手首を掴んだ。

「あ！」と叫ぶより早く、燕石はニヤリと口の端を上げ、「なんだ由之助、この前の里帰りで、ずいぶん〝かわいらしいこと〟をしてきたんだな」と笑う。

「か、かわいらしいことって？」

「うん、お前の許婚と。そうか、小梅というのか。健気な娘じゃないか」

「小梅とって……あ！」

由之助の頭の中に、先日の失敗した接吻と成功した接吻が、同時に浮かび上がる。

「か、勝手に他人の頭の中を見るのはやめてくださいって、いつも言ってるじゃないですか！」

慌てる由之助に、しかし燕石は悪びれる様子も見せず、煙管《キセル》の雁首《がんくび》に押し込んだ刻み煙草に、そっと火を点ける。

白い煙が、埃っぽい部屋にプカリと浮かんだ。

「ふふ、お前達は本当にかわいいねえ。いや、お前達だけじゃなく、翠子も昌代も、みんなかわいい。きっと、十五とか十六とか十七とか、そのあたりが一番いい年頃なんだろうな」

「はあ？　なにを言ってるんですか！」

「うん……うん、まあ、私にもそういう年の頃があったと思ってなあ……」

寝起きにおかしなことを言い出すのはいつものことだが、しかし、やはり今日の燕石は普段にも増して様子がおかしい。

「急にどうしたんですか」

由之助が聞くと、燕石はやけに掠れた声で、

「片恋とか、接吻とか、お前達の年の頃には、私もそんなことを考えたことがあったなあと思ってねえ……」

とつぶやく。

珍しい、と由之助は思った。燕石が自分の過去を語るのは、そんなにあることではな

い。おそらく寝起きの悪さから口が軽くなっているのだろうが、好奇心も相まって、恐るおそる由之助は探りを入れる。

「す……好きな女が、いたんですか」

「ああ、いたよ」

あっさりと、燕石は頷いた。

「今になって思えば馬鹿馬鹿しいことだけどね、こんな私でも、大人になればどうにかなると考えていたんだよ。まあ実際は、大人になってもどうにもならなくて、少しばかり強引なことをしてしまったんだけどね」

「どうにかなるって……その……好きな女と、ということですか」

燕石はふふ、と薄く笑い、煙草の煙をくゆらした。ゆらゆら揺れる煙は幾重にも細い線を描き、やがて埃の舞う空気の中に消えていく。

「——恐ろしいって……」

「え？」

「大人になって、初めてその女に触れた時、うっかり〝見て〟しまったんだ。女は、私のことを〝恐ろしい〟と思っていた。それまで私は、女の本心を知らなかったんだ。お互いに慕い合ってると、長い間ずっと思い込んできたから、それはもう辛くてね。哀しいんだけど、同時に腹も立った。情けなくて、自分のことを消してしまいたいと思ったし、女のことも消してしまいたいと思った。まあでも、心底惚れてたから、本当に消してしまうことなんかできなかったんだけどね」

自嘲するように、燕石は笑いながら言った。猛り狂うとは、きっとあのことなのだろうと。そして、あれだけ猛り狂うことはもう、あとにも先にもないだろうと。

「それで……？」

「自分でもどうしていいか分からなくて、怒りに任せてその場から逃げ出した。でも、行き場所なんか見つからなかった。知らない場所をひと晩中、あてもなく彷徨《さまよ》い歩いて……最終的に行き着いたのが、貧民窟《ひんみんくつ》の『Maison《メゾン》 Close《クローズ》』さ」

「め、めぞ？」

「メゾン・クローズ。――はは、そうか、由之助はまだ知らないか。仏蘭西《フランス》の遊郭のことだよ。官許を得た娼婦の館、と言った方が正しいのかな。で、どこでどう知ったのか、貧民窟の低級娼婦達が自分達の売春小屋に、勝手にその名前を付けたんだ。本来のメゾン・クローズは吉原《よしわら》のように厳格な作法のある場所なんだが、貧民窟のメゾン・クローズなんかいい加減なもんでね、客も娼婦もやりたい放題、あれはもう性欲の排水溝みたいなもんさ」

そのメゾン・クローズで、燕石は女を買った。連日連夜、ひと晩ごとにちがう女を買って、馬鹿みたいに乱痴気騒ぎを繰り返した。

「――気が楽になったんだよ」

ゆらゆらと煙管の煙をくゆらしながら、燕石は言う。

「メゾン・クローズの娼婦達は、誰も私のことを恐ろしいなんて思っていなかった。頭の中にあるのは金のことだけ。金が入ったらアレを買おう、コレを食べようって、ただそれだけなんだ。私もほかの客も一緒くたで、けれど、なんだかそれが心地よくてね」

ただの男として、娼婦を抱くだけの毎日。

でも、ふと我に返った時、虚しさを感じる。自分が本当に抱きたかったのは、この女じゃない……と。

「それで、その……燕石が好きだった女は、どうなったんですか？」

「――私の前から姿を消したよ。もうずっと会ってない」

「会いたいですか？」

しかし、燕石は答えない。

無言のまま、ポン、と煙草盆の上で煙管を叩き、燕石は刻み煙草の灰を落とした。そして新しい刻み煙草を注ぎ足しながら、「後悔してるんだよ」とつぶやいた。

「今にして思えば、もっと別のやり方があったんじゃないかと思ってね。たとえば……ほら、翠子が持ってきたアカハラの惚れ薬とか。ああいうのを使えば、惚れた女を怖がらせることはなかったんじゃないかな、とか」

「でも、あれは眉唾物のまじないって」

「ん？　ああ、そうだった。そう言ったのは、私自身だったねえ」

ははは、と笑い、燕石は煙管に口をつけた。ゆっくりと煙を吸い込み、そして、ゆっくりと吐き出す。

埃に滲む白い煙が、ふたりの頭上にぼんやりとした絵を描く。それはまるで、思い出にたゆたう古い恋心のように。

「――ああ、私は、本当に寝起きの悪い男だねえ……」

消えずの露

柳谷翠子は、兄とはちがう意味で、なかなかに変わり者の娘である。好奇心旺盛で猪突猛進、破天荒。時に男勝りな一面もあり、令嬢ばかりの女学校の中でもかなり浮いた存在だ。

そんな翠子が燕石の家にやって来たのは、件《くだん》のアカハラ騒動から十日ほど経った、ある午後のことだった。

「ちょっと兄さん！　千代を返してもらうわよ！」

例のごとく由之助達の制止を振り切り、翠子は燕石の部屋に飛び込んだ。

原稿用紙に向かっていた燕石は、「なんだ、またそれか」と、迷惑そうに顔を上げる。

「またそれってなによ！　千代は私の女中なんですからね！」

「それは昔の話だろう？　とりあえず、お前は、『お邪魔します』とか『失礼します』とか『少しよろしくて？』とか、そういう娘らしい導入話法を覚えなさい。たとえ相手が兄とはいえ、挨拶もなしに本題から入るのはよくないよ」

「兄さんったら酷いわ！　私から千代を取り上げたくせに、そういう言い方はないじゃない！」

燕石はウンザリした顔で万年筆を置き、インクが染みた手をひらひらさせる。普通なら「今すぐ出ていきなさい」の合図だと察するところだが、しかし、この翠子が、それに従うはずもない。

翠子は足を肩幅ほどに広げて腕を組み、盛り場の莫連女《ばくれんおんな》のように、不遜《ふそん》な笑みを浮かべた。

「ねえ兄さん。今の仕事は、締め切りまで随分と余裕があるようね」

「なんだい、急に」

「だって、顔色もいいし、無精髭も生えてないし、なにより臭くないもの。つまり、これは、仕事に余裕がある証拠だわ」

名推理とばかりに、翠子は胸を張る。

「だったら、どうだと言うんだい」

「仕事に余裕があるということは、千代が兄さんのお世話をしなくてもいいってことよね。さあ、千代を返して頂戴！」

「いい加減にしておくれ。今日のお前は、なんだかしつこいよ」

そろそろ苛立ってきたのか、燕石は眉間に深い皺を寄せた。

ようやく察した翠子は、「だって」と口を尖らせる。

「女学校で昌代さんに言われたのよ。『自分の女中が家に来た経緯を、どうして翠子さんは知らないの？』って」

「また昌代か。どうでもいいことばかり気にする娘だねえ」

やれやれ、と燕石は嘆息する。

アカハラ騒動を引き起こした昌代に対して、燕石は、翠子とはちがった意味で変わり者だと認識しているようだ。

「しかしまあ、お前が気になると言うのなら仕方ない。この機会だから教えてやろう。昔、千代は……」

「待って！　兄さんの口から聞きたいわけじゃないのよ！　私はね、兄さんや光太郎兄さんが千代の昔を知っているのに、私だけが知らないのがたまらなく悔しいの。だから、千代を私に返して頂戴。千代の口から直接聞きたいから」

「馬鹿を言うんじゃない。たかが昔話を聞かせるためだけに、千代をお前に返せるわけなどないだろう。この家から千代がいなくなったら、私の生活は一体どうなると思う？　兄に少しでも人間らしい生活をさせてやろうと思うなら、二度とそんなことは言わないでおくれ」

しかし、これで翠子が納得するはずもない。「冗談じゃないわ！」と、さらなる勢いで燕石に食って掛かる。

「兄さんは泥棒よ、千代泥棒！　千代は、私が産声を上げた瞬間から私のものだったのに！　兄さんなんか、千代にオシメを替えてもらったこともないじゃない！」

「当たり前だ！」

どうにもくだらない兄妹喧嘩だ。

だが、本人達にとってはかなり切実な問題なので、「それならば」と燕石は妥協案を提示する。

「時間限定で、お前に千代を返してやることにしよう。今から日が暮れるまでというのはどうだ？　小遣いをやるから、甘味処でもなんでも好きな場所に行って、ふたりで話をしてくればいいさ」

「ちょっと！　日が暮れるまでなんて短過ぎるわ！」

「嫌だと言うなら、この話はなしだ。早く家に帰りなさい」

またも右手をひらひらさせる燕石に、翠子はムッと頬を膨らます。

咄嗟になにか言い返そうとしたが、しかし、うまい言葉が思い浮かばない。もはや、これ以上の妥協案はないと悟った翠子は、「――分かったわ」と、燕石の提案を渋々呑んだ。

「ほう、それはよかった。ああそうだ、ついでに由之助も、後学のためについていってはどうだい？　甘味処なんて、女連れでなければ入ることができないだろう？」

「いえ、俺は遠慮しておきます」

傍らでふたりの喧嘩の成り行きを見守っていた由之助は、突如振られた燕石の言葉に、大袈裟に首を振る。

「まだ書物整理の仕事が残っていますから」

いくら世間知らずの由之助とはいえ、男が甘味処に足を踏み入れるには勇気が必要であることは知っている。興味がないわけではないが、遠慮するのが無難だろう。

燕石は「そうかい」と頷くと、ようやく万年筆を手に取った。

「日が暮れるまでとはいえ、あまり遅くならないうちに千代を返しておくれ。夜道のひとり歩きなんて危ないことはさせたくないからね」

翠子は「分かっているわ！」と威勢よく答え、千代のいる台所に走った。


千代との外出が叶った翠子は、小躍りを始めるのではないかと思うほど上機嫌だった。

「久しぶりに一緒に歩くのだから、お洒落をするように」と千代に命じて一張羅に着替えさせるほどだ。

「こんなことなら、私も着替えてくればよかったわ」

甘味処までの道中、着物の袂をブンブン振りながら、翠子はぼやく。

「女学生の袴姿も、十分かわいらしくていらっしゃいますよ」

千代は言うが、そうではないのだ。せっかくのふたりきりだからこそ、翠子もお洒落をして、特別な雰囲気を味わいたかったのだ。

甘味処の暖簾を潜ると、ふたりは窓際の席に腰を落ち着けた。窓から通りの様子が見える、明るい席だ。

「ご注文は？」

「白玉ぜんざいをふたつ」

注文を取りにきた店の娘に、翠子は素早く答える。

「ずいぶん急《せ》いていらっしゃいますね」

千代は笑うが、今の翠子にとって、店の娘との会話は無駄以外の何物でもないのだ。

ほどなくして、店の娘が白玉ぜんざいを運んできた。

朱塗りの器の中には、艶が出るまで丁寧に炊き上げた粒餡が盛られ、その中央には、宝珠のような白玉が存在感たっぷりに鎮座している。餡蜜と並ぶ、この店の名物だ。

「いただきます」

ふたり同時に、餡をまぶした白玉を口に運ぶ。もっちりとした白玉の食感を包み込むように、野趣味あふれる粒餡の風味が口いっぱいに広がる。

「私、こういう美味しいものを、千代と一緒に食べたりしたいのよ。それなのに、兄さんが千代を独り占めするもんだから」

「そのようなことを仰らないでくださいませ。ああ見えて、若旦那様も、翠子様に言われたことを、いつも気にしていらっしゃるのですよ」

燕石をかばうような千代の言葉に、「ふうん」と翠子は拗ねたように唇を尖らせる。どうやら、臍《へそ》を曲げてしまったようだ。

察した千代は慌てて、「では早速ですが、私のことをお話しいたしましょうか」と話題を切り替えた。

「たいして面白い話でもないのですが……私の生まれは、千葉県東葛飾郡《ひがしかつしか》の浦安村《うらやす》です」

千代は語る。

家族は、両親と弟がひとり。もとは名主だったらしいのだが、千代が物心ついた時には既に貧しい百姓暮らしで、詳しいことは千代も知らされていない。

「娘の私が言うのもなんですが、母は美しく、しかも大変頭のいい人でした。父はとても優しい人でしたが……どう申せばいいのでしょうか、繊細なうえにお人よしなところがありまして、娘の私から見ても頼りないと申しましょうか、時々、心配になることがあるくらいでした」

そのお人よしな性格が災いして、父の代で身代は潰れてしまった。離縁して実家に帰るべきだと母に進言してくれる人もいたが、母は、頑として父のそばから離れようとはしなかった。

「私は名主だった頃を知りませんので貧しい百姓生活も苦にはならなかったのですが、父は惨めな思いをすることが多かったそうです。それを慰めるのはいつも母の役目で……はっきり言いますと、私の実家は、母でもっているようなものでした」

そんなある日、千代の幼い弟に事件が起こった。

目を放した隙に囲炉裏《いろり》に落ち、背中に大火傷《おおやけど》を負ってしまったのだ。

「その時、弟の子守をしていたのは私でした。すぐに囲炉裏から引き上げましたので、幸いにも命に別状はありませんでしたが、それから数日間、弟は激しい痛みに苦しむことになりました。うつ伏せのまま動くこともできず、泣き嗄《か》らして傷めた咽喉は、常にゴホゴホと咳き込んでいるような状態で……」

火傷は化膿して赤く爛《ただ》れ、まるで背中一面に地獄絵図を描いたようになっていた。

医者の勧める薬を買えればよかったのだが、母の遣り繰りでようやく生活している家に、そんな余裕はない。

隙間風の入る小さな家に、昼夜ともなしに、弟の苦しむ声が響き渡る。

責任を感じて、千代は落ち込んだ。母は「時間はかかるが必ず治る」と言って慰めてくれたが、繊細な父は、「もう駄目だ。このまま苦しみ続けるくらいなら、いっそ殺してしまった方が、息子のためになるかもしれない」と、いつしか突拍子もない泣き言を口にするようになってしまった。

勿論、優しいだけが取り柄の父に、そんな冷酷な真似ができるとは思わない。けれど、そこまで父を追い詰めてしまったのは自分だと、千代は思った。そして、苦しむ弟のため、ひいては家族のために、自分がなにをすべきかを考えた。

散々悩んだ挙句、千代は、ある決断をした。

「親に内緒で、近くに住む顔役のおばさんの家に飛び込んだんです。『私に女衒《ぜげん》を紹介してほしい』と」

「ぜげんってなに？　聞いたことない言葉だわ」

小首を傾げる翠子に、千代は、ふふ、と困ったような笑みを浮かべる。

「そうでした、翠子様はご存知ありませんでしたね。女衒というのは、若い娘を買いつけ、遊郭や花街に売る生業《なりわい》の者のことを申します」

「え！」

大声を上げた翠子に、店中の視線がいっせいに刺さった。

慌てて翠子は口を噤み、やおら小さな声で「じゃ、じゃあ、千代は自分自身を売るつもりでいたの？」と聞く。

「はい。以前、村の娘が女衒に買われ、そのお陰で娘の家が持ち堪えたという噂を耳にしたことがあったものですから。それに私、日々の畑仕事のお陰で体は丈夫でしたし、読み書きや算術は母からしっかりと教え込まれておりましたから、どこに行くことになろうと、まあそれなりに生きていけるのではないかと考えまして」

「そうだったの……」

ふう、と翠子は小さな溜め息をついた。

「辛い思いをしたのね。でも、千代ならどこでも生きていくことができるというのには同意するわ。もしかしたら、今頃は吉原随一の花魁《おいらん》だったかも」

「そんな立派な御職《おしょく》、私には無理ですよ。せいぜい下級遊女が関の山で」

「なに言ってるの！　きっと千代なら、名妓の座をほしいままにしていたにちがいないわ！」

つい力説し、また翠子は慌てて口を噤む。花魁だの名妓だのと、とても甘味処で話すに相応しい言葉ではない。

コホンと咳払いし、改めて翠子は聞く。

「それで、どうなったの？」

「三日もしないうちに、女衒が家にやって来ました」

なにも聞かされていなかった両親にとっては、まさに青天の霹靂《へきれき》だっただろう。お決まりの挨拶も終わらないうちに、両親は女衒を家から追い出そうとした。

しかし、千代は女衒を引き留め、必死になって両親を説得した。火傷の痛みに苦しむ弟を助けるには、この方法しかないと思っていたからだ。

そこまで話すと、翠子は不思議そうに小首を傾げた。

「でも、結局、女衒には買われなかったのでしょう？　だって、こうして私の子守に雇われているのだし」

翠子の問いに、千代は「いいえ」と首を振る。

「勿論、ちゃんと買っていただきましたよ。しかも、通常よりも少しばかり高い値段で買っていただきました」

「え、そうなの？　高い値段ってことは、やっぱり千代が綺麗な子供だったから？」

「山出し娘のわりには、読み書きと算術ができたからではないでしょうか」

翠子は「いいえ、絶対に綺麗だったからよ」と言い張ったが、今となっては、そこはどうでもいいことだろう。

問題は、女衒に買われ、遊郭か花街に売られる予定だった千代がどうして燕柳館の——それも、翠子付きの女中になったかだ。

話の先を急かす翠子に、千代は「あれはご縁だったとしか言いようがありませんね」と、またゆっくり言葉を続ける。

「嘆く両親をどうにか説得し、私が家を出たのは、女衒が家に来てから三日後のことでした。私は七つで、吉原遊郭の大見世に行くことが決まりました」

吉原には数多くの遊女屋があるが、その基準は厳しく、格が高い順に大見世、中見世、小見世、そして切見世と、細かく格付けが為されている。

女衒は千代の両親に、「吉原の大見世は、日本中のお大尽が遊びに来るところだ。徒《あだ》や疎《おろそ》かな娘を売ることはできない。だから、あんた達は、自分の娘が大見世に売られたことを誇りに思っていい」と言った。

勿論、それは女衒のお為《ため》ごかしで、娘を売る両親の慰めになるはずもない。けれど、千代は喜んだ振りをした。そうすることで、少しでも両親の罪悪感を拭うことができればいいと思ったのだ。

「けれど、吉原へ旅立つ私を見送ってくれたのは、母だけでした。父は、現実を受け入れることができなかったのでしょうね。弟の看病を口実に、部屋から出てきてはくれませんでした」

翠子は「あら、まあ」と呆れ顔をする。

「こう言っては失礼だけど、千代のお父様って、相当な意気地なしね。部屋に引き篭ってしまうあたりなんて、まるでうちの兄さんみたいだわ」

「そうですね、ちょっと似ているところがあるかもしれません。けれど、父が隠れて泣いていることは知っておりましたので、私も、無理に部屋から引きずり出すことはできなかったのですよ」

千代は、障子越しに父に別れを告げ、弟のことを頼み、母に見送られながら村を出た。その日は見事な晴天で、傍らを歩く女衒が「今日はなんだかいい日だねえ」と言ったのが、やけに耳に残っていた。

「――それで、どうなったの？」

前のめりになる翠子に、「そこから暫くは、女衒とのふたり旅でした」と千代は答える。

目指す吉原遊郭は、浅草寺《せんそうじ》の北側にあった。

浦安村から吉原まで、大人の足で歩けばそれなりだが、子供の足には少々厳しいものがある。そこで女衒は大切な商品が疲弊するのを避けるため、途中の茶屋で千代を休憩させてくれた。

実は、このことが千代の今後を大きく変えるきっかけとなったのだ。

「茶屋の中には、数人の先客がおりました。皆、お茶を飲んだり団子を食べたり、思い思いに休んでおりましたが、そのうちのひとりが、不意に手にしていた風呂敷包みを開いたのです」

それは二十歳かそこらの若い男で、店主を手招きすると、「どうだい、これ。いいだろう」と風呂敷の中身を自慢し始めた。

男が持っていたのは、隙間なく金蒔絵の施された、立派な漆塗りの文箱だった。

「男は、『惚れた女にやる手土産だ』と言っておりました。『ただし、並みの男がやるものと同じではつまらない。だから、珍しい図柄の蒔絵を選んだ。これは、男に取り憑く〝女の幽霊〟の蒔絵だ』と」

男が掲げた文箱に、店の中にいたお客全員が注目し、千代も文箱を凝視した。

その蓋には、平安貴族の背中に覆いかぶさる、長い髪の女の蒔絵が施されていた。

「たしかに、それは見事な蒔絵の文箱でございました。店の中にいた誰もが感心し、男の文箱を誉めそやしていました。でも……私は、釈然としなかったんです」

団子の串を握り締めたまま、七歳の千代はもじもじと足を揺すった。

あの文箱の蒔絵は幽霊なんかではない、と思った。でも、相手は知らない男だし、気になったことを言ったところで、千代にはまったく関係ないことだ。このまま知らん顔でやり過ごせばいい。――そう思っていたのに。

「私がもじもじしていることに気づいた女衒が、『どうしたんだい？』と声をかけてきたのです。それで私、つい言ってしまったのですよ。『あの蒔絵の女は、幽霊なんかじゃありません』って」

その瞬間、茶屋にいた全員の視線が千代に注がれた。

いらぬことを言ってしまった、と千代は羞恥心から身を小さくした。しかし、まるで追い討ちでもかけるように、お客の中で一番いい身なりをした男が、「どうしてそう思うんだい？」と声をかけてきた。

「その時の私は、店から逃げ出したい気持ちでいっぱいでした。けれど、女衒に買われた身にそんなことができるはずもなく、私は震えながら、『蓋《ふた》の隅の草の絵のところに、白玉が描かれています』と、小さな声で答えたんです」

「蓋に白玉？」

咄嗟に、翠子は、器の中の白玉団子に視線を落とした。

千代はころころと笑い、「いいえ、その白玉ではありません」と言う。

「昔の言葉で真珠のことです。ただし、この場合は、草露と言った方が正しいのでしょうが」

蒔絵の中の女は、平安貴族の背中に取りすがったまま、蓋の隅の方に視線を向けていた。その視線の先に描かれているのは、草の上で輝く小さな白玉だ。

「私は、そのお客に言いました。『これは在原業平《ありわらのなりひら》と藤原高子《ふじわらのたかいこ》ではないかと思います』と」

すると翠子が、「あ！」と声を上げて両手を打った。

「そうか！　伊勢物語の芥河《あくたがわ》ね！」

こくりと千代は頷く。

美男で知られる在原業平は、ある晩、長い間恋い焦がれていた藤原高子を、まるで盗むようにして外に連れ出した。本来なら高子は業平にとって手の届かぬ高嶺の花で、それはまさに夢のような逃避行だったのだ。

「そうそう、女学校の授業で教わったわ。ふたりが芥河っていう川原にたどり着いたとき、高子は草露を指差して、『あれは真珠か？』って業平に聞くのよね」

「はい。文箱に描かれた蒔絵は、まさにその光景だと私は思いました」

幼い千代がそれを知っていたのは、畑仕事の合間に、母に伊勢物語を教わっていたからだ。

気になっていたことが言えたので、千代はすっきりした気持ちでいたが、可哀想なのは文箱の持ち主だ。珍品だと思い込んでいた蒔絵の文箱が、実は、かの有名な伊勢物語の絵柄だったのだから。

「その人のしょんぼりと肩を落とす姿が、なぜだか私には父と重なって見えました。慰めたい、と言いますか、慰めなければいけないという使命感に駆られまして、私はその人に声をかけたんです」

「なにを言ったの？」

「今になって考えてみれば、とても失礼なことですよ。『伊勢物語の芥河は、男女が結ばれることなく終わった哀しい物語です。だから、惚れた男からそんな絵柄の文箱をもらうのは、幽霊の文箱をもらうよりも、女にとっては珍しいことだと思います』って」

思わずブフッと吹き出す翠子に、千代は「まだ七つだったので、慰め方を知らなかったのですよ」と、苦笑いで釈明する。

「勿論、その人には『ほっといてくれ』と怒鳴られ、女衒には『余計なこと言うな』と叱られました。まさか怒られると思っていなかった私は、驚くと同時に、急に心細さを覚えました。どこでも生きていけると思っていたのは慢心で、もしかしたら、またこんなふうに他人を怒らせてしまうのではないか。そうしたら、吉原でも厄介者扱いを受けて、しまいには追い出されてしまうのではないかと、そんなことを考えてしまったのです」

女衒は茶屋にお代を払い、千代に「行くぞ」と声をかけたが、千代はもうその場から動けなくなってしまっていた。

ちょろちょろと細い源泉のようにあふれ出た心細さは、あっという間に幼い千代の心を支配し、消し去ったはずの里心を蘇らせた。

家に帰りたい。家族に会いたい。本当は、吉原になんて行きたくない……。

「すると、立ち竦む私に、先ほど声をかけてくれたお客が、また声をかけてくれたのです」

お客は千代に、「どこに行くんだい？」と聞いた。

千代が「吉原へ働きに」と答えると、事情を察したお客は、続けて出身や家族構成を訊ねた。

あふれ出した里心も相まって、千代の口は止まらなかった。日暮れまでに吉原に着きたかった女衒は強引に千代の手を引っ張ったが、千代はその手を振り払い、必死になって家族のことを説明した。

小さくてかわいい弟が火傷を負ってしまったこと、情けないけれど優しい父のこと、そして誰よりも美しく、賢い母のこと……。

「最後に、そのお客は、『芥河を誰に教わったんだい？』と聞きました。私は『母からです』と答え、それ以外にも、読み書きや算術は全て母から教わったと答えました」

ついでとばかりに、千代は記憶していた芥河をつらつらと諳《そら》んじた。

お客は「こりゃ凄い」とつぶやき、「よし気に入った！」と膝を打った。そして女衒に向かい、「この子を私に売ってくれ」と言った。

「え、じゃあ、そのお客って……」

「はい。ちょうど、翠子様の子守りを探しておられた旦那様でした」

その瞬間、翠子の表情がパアッと変化した。

「そういうことだったのね！」と興奮し、「たしかに、これはご縁としか言いようがないわね！」と納得した。

「私は既に売り手が決まった身でしたので、女衒もすぐには首を縦に振ってくれませんでした。けれど、旦那様は粘り強く交渉してくださり、吉原よりも高いお金を払うからと言って、その日のうちに私を引き取ってくださったのです」

「さすが父さん、人を見る目があるわ！　――あ、そういえば、千代の弟さんはどうなったの？」

「お陰様で、今は元気に暮らしております。送られてくる手紙で知る限り、あの時の大火傷など嘘のようでございますよ」

「そう、よかったわ」

翠子は満足げに頷いた。

ふと千代が窓の外を見ると、僅かに陽が傾いていることに気づいた。

約束の刻限が、間近に迫っている。

「ご馳走様でした。さあ、そろそろ帰りましょうか」

千代は翠子を促し、席を立った。


太陽の色が柑橘色に変わり始めると、通りは家路を急ぐ人で賑わう。

千代は懐かしい道を歩き、燕柳館まで翠子を送っていった。

翠子は「このまま泊まっていきなさいよ」と言って千代を引き留めようとしたが、そうすれば、燕石と由之助は夕餉抜きということになってしまう。

「申し訳ございません。それは、また今度ということにいたしましょう」

千代が丁寧に辞退の言葉を述べていると、忙しい時間帯にもかかわらず、料理長が母屋の方にやって来た。

「まあ、料理長。ご無沙汰しております。お変わりないようで」

「そんな悠長な挨拶をしている暇なんてねえよ。それより、ほら」

料理長が差し出したのは、大きな風呂敷包みだ。どうやら奉行人用の賄《まかな》い料理を重箱に詰めてくれたらしい。

「ちゃんと三人分入れてあるからな。今晩くらいは炊事をさぼるのもいいさ」

「まあ、ありがとうございます。でも、こんなにいただいてしまっていいのですか？」

心配いらねえよ、と深い皺の刻まれた顔に、料理長は笑みを浮かべる。

料理長の言葉には、親心にも似た優しさがあった。千代は感謝し、翠子に再度の挨拶をして、母屋をあとにする。

そろそろ燕柳館もお客で込み始める時間帯だ。千代はお客の目につかないように正門を避けて、物干し場横の裏木戸から路地に出る。

路地を挟んだ向かい側には、小さな平屋の家があった。そこは、かつて千代がほかの女中達と共に寝起きをしていた、燕柳館の女中用宿舎だ。

懐かしさから、ふと久しぶりに立ち寄ってみようかとも考えたが、視界の隅に入る夕陽の傾きを考えて、やめることにした。今、寄り道すれば、明るいうちに帰ることができなくなるし、どうせ宿舎には誰もいない。この時間帯に暇をもてあましている女中など、誰ひとりとしていないのだから。

千代は足早に、表通りに向かって路地を歩く。

それにしても綺麗な夕焼けだ。

――そういえば、あの日も、こんな夕焼けだった。

さらに深みを増した夕陽の色に、千代はわけもなく昔を思い出す。

頭に浮かぶのは、燕石とふたりで燕柳館を出た、あの日のことだった。

§

今から、三年前。二十歳になったばかりの千代は、女中頭から「部屋に来るように」と呼び出された。

女中頭の言う〝部屋〟とは、奉公人用の控えの間のことだ。

そこで、女中頭と膝を突き合わせて座り、こんこんと話を聞く。この状態が、このところ連日のように続いている。

女中頭は千代を説得していた。

それは、燕石が「深川で暮らすにあたり、千代を連れていきたい」と言い出した時からだ。

「行くんじゃないよ」

女中頭は、しつこいくらいに千代に言った。「お前は、まだ嫁入り前なんだからね。若旦那様とふたりきりで暮らすなんて、絶対に駄目だよ」と。

千代は言葉に窮する。

深川に行くことは、燕石から直接聞いたのではなく、燕柳館の主夫婦から頼まれたことなのだ。吉原に行くところを引き取ってもらった恩がある以上、無下《むげ》に断ることもできない。

「旦那様には、私からも断ってあげるから。だってね、若旦那様とふたりきりだなんて、世間は『あの女中は燕柳館の若旦那のお手付きだ』って噂するにちがいないよ」

「わ……若旦那様は、そのようなことをする方ではないと思います」

ようやく言葉を発した千代に、女中頭は「ええ、私もそう思うよ」と、あっさり言葉を返す。

「そりゃね、私も若旦那様が子供の頃から見てきたからね。どういう性分のお方か、十分理解しているつもりだよ。どうせ今回のことも『千代がいれば、身の回りのことで不便することはない』とか、おそらくその程度の思いつきだろうってね。けれど、世間はそういうふうには見てくれないの。だから、絶対に行くんじゃないよ」

「でも、私は……」

言い淀む千代に、女中頭はぴくりと片眉を吊り上げる。

「お前、まさか、若旦那様とイイ仲になってるんじゃないだろうね」

「い、いいえ！　それはありません！」

慌てて千代は首を横に振る。

「たしかに、子供の頃は、光太郎様と一緒によく遊んでいただきましたが、今は殆ど口を利くこともなくなっています。そもそも、私は翠子様付きの女中ですから、若旦那様のお世話などしたことがありませんし……」

「そう。それならいいけど」

吊り上げた眉をゆるりと戻し、ふう……と女中頭は嘆息する。

「とにかくね、このまま燕柳館に残って、誰かいい人を見つけてお嫁に行くのがお前にとっては一番幸せなんだよ。若旦那様も悪い方じゃないが……ほら、少しばかり〝厄介なところ〟をお持ちの方だろう？　深川で玉の輿《こし》に乗るつもりだっていうのなら、それはそれで反対はしないけれど、先々のことを考えると、きっと苦労するにちがいないと思ってねえ」

女中頭は言いたいことだけ言うと、「さあ、もうお戻り」と千代を仕事に促した。

千代は女中頭に深々と頭を下げ、控えの間をあとにする。

女中頭が連日のように千代を呼び出すのは、親心あってのことだと分かっている。幼い頃から千代を見てくれていた人だからこそ、こうして心配してくれるのだ。

しかし、頭では分かっているけれど、千代の心は大きく揺らいでいた。

深川に行きたくもあるし、行ってはいけないとも思った。いっそ誰かが背中を押してくれれば、気持ちがひとつに定まるのにとも考えた。

ふう……と溜め息をつき、母屋に戻って戸を開けた途端、目の前に燕石の姿が見えた。

「あ……」

互いに小さく声が洩れ、慌てて千代は頭を下げる。

奉公人としての礼というよりは、顔を隠してしまいたい気持ちの方が強かった。燕石の顔を、正面から見るのが怖かった。

しかし燕石は、なに食わぬ顔で千代の隣をすり抜ける。——と次の瞬間、千代は自分の着物の袂に、小さな感触を覚えた。

慌てて母屋奥の厠《かわや》に飛び込み、袂を探る。そして、「ああ、やっぱり」と小さくつぶやく。

袂の中には、小さく折りたたまれた付け文が入っていた。擦れちがう瞬間、燕石が入れたのだ。

千代は、震える手で付け文を広げた。

『仕事が終わったら裏庭に来てほしい』

その文字に、千代の心はさらに揺れた。


千代の仕事が終わるのは、だいたい夜の九時頃だ。仕事中の主夫婦に代わり、翠子に夕食を食べさせ、風呂の準備をし、布団に入れるまでが千代の仕事だ。

「おやすみなさいませ」

翠子の部屋の灯りを落とすと、千代は深く息を吸い、乱れる心を落ち着けようとした。

勿論、裏庭に行かないという手もあるが、千代の足は、自然と裏庭に向かって進んでいた。行かなければいけないと、今、燕石と話しておかないと後悔することになると、心の中の熱いなにかが、激しく警鐘を打ち鳴らしていたのだ。

燕柳館の座敷から、宴会に盛り上がるお客の歓声が洩れ聞こえてきた。

千代は玉砂利の音を鳴らさないように、そっと歩を進める。すると、松の木の下に燕石の姿が見えた。

燕石は竹の縁台に座り、ぼんやりと夜空の月を眺めていた。

「――若旦那様」

「やあ、来てくれたのかい」

燕石は千代の方に目を向けると、心持ち口の端を持ち上げた。

「こんな時間に、わざわざ申し訳ない。少しばかり、お前と話がしたくて」

「あの……」

「親父から話は聞いたかい？」

あ、と千代は俯く。

燕石は「久しぶりの会話が、こんな話ですまないねえ」と薄く笑う。

こうして面と向かって話すのは、いつ以来のことだろうかと千代は考える。子供の頃は当たり前のように口を利いていたのに、いつしかお互いの立場を考え、必要以上の会話をしなくなってしまった。勿論、そこに別の感情があったのも否定はできない。

吹き抜ける夜風が、火照る体をひやりと撫でる。

燕石は、ふう……とひとつ、息を吐く。

「私はね、深川に行くことを無理強いしているわけじゃないんだよ。嫌なら、そう言ってくれて構わない。女中頭からも反対されているんだろう？」

「それは……」

「気を遣わなくてもいいんだよ。『深川についてきてくれ』ってのは、つまり『千代の残りの人生を捨ててくれ』ってのと同じ意味だからね。女中頭は、その辺のところをちゃんと分かっているのさ」

己を嘲るような燕石の言葉に、千代は「私はそのようなこと、思っておりません」と反論する。

けれど燕石は、そんな千代の声など聞こえなかったかのように、「翠子も怒っていることだしねえ」と言葉を続ける。

「もし千代を連れていったら、私と兄妹の縁を切るそうだ。あれは本当に酷いことを言う妹だよ。私は、高子を口説く業平のような気持ちでいるのに」

高子と業平。

伊勢物語の芥河だ。

千代は、震える声で燕石に聞いた。

「そ、それは、わ……私を、背負って逃げたいということですか？」

「ああ、そうだよ」

燕石は、あっさりと答える。

「でもね、実際はそんなことできやしないんだ。知ってのとおり、私は臆病者の情けない男だからね、お前を背負うどころか、指一本触れるのだって恐ろしい。拒絶の気持ちを知ることになるなら、私の恋慕の情など、最初からなかったことにしたいくらいだ」

燕石の思いもかけぬ告白に、千代は動揺した。

思わず「ご冗談はおやめくださいまし」と言うと、「そうか、冗談に聞こえるか」と、燕石は困ったように頭を掻く。

「気持ちを伝えるというのは難しいものだね。戯作の台詞のようにはいかないものだ」

千代は、じっと燕石を見つめる。

おどけるようでいて、どこか哀しげな燕石の瞳が胸に刺さる。

唇を噛み締めるように、千代は言った。

「わ、私は、芥河が嫌いです。あんな話に例えないでくださいまし」

「そうかい、悪かったね」

「だって、芥河は、男女が結ばれることなく終わった哀しいお話ではありませんか。だから嫌なのです。私は高子ではございませんし、若旦那のことも業平のようだと思ったことなどございません」

え、と小さく声を上げ、燕石は瞠目したまま押し黙った。

また風が吹いた。

揺れる松葉が風音を奏で、千代は、知らずあふれ出た涙を手の甲で拭う。いつしか燕石も、泣き笑いのような不思議な表情を浮かべていた。

「――そうか、私達は芥河ではなかったのか。でもね、千代。私にとってのお前は……」

燕石の手が、千代に向かって静かに伸びた。

千代は躊躇った。インクの染みたその手は、今まで千代が触れたことのない手だ。触れたい。けれど、触れていいのかどうか分からない。

戸惑いに目が眩み、やがて体の芯が今までに感じたことのないほど高い熱を持つ。じりじりと焦げつくような、それでいて潤《ほと》びていくような、そんなわけの分からない感情が胸を衝く。

「――どうか、ひと晩、考えておくれ」

戸惑っていたのは、おそらく燕石も同じだったのだろう。

感情のままに伸ばしてしまった手を引っ込め、ゆっくりと縁台から立ち上がりながら、燕石は言った。

「明日の夕刻、私は深川に移るつもりだ。もし、私と一緒に来るつもりがあるなら、荷物をまとめて裏木戸のところで待っていてほしい。でもね、無理をする必要はないんだよ。たとえ、お前が来てくれなかったとしても、私はお前を恨んだりなんかしない。そうする権利が、お前にはあるのだからね」

それじゃおやすみ、と燕石は千代の横を擦り抜けていく。

玉砂利の音が、少しずつ遠くなる。

漂うインクの残り香に、千代はぎゅっと唇を噛み締める。

——もう限界だ、と千代は思った。

これ以上、気づかない振りをするのは無理だと思った。芥河に例えてまで心を伝えてくれた人に、己の気持ちを偽ってはいけない。

手を伸ばし、触れたいと思った感情こそが、ふたりにとっての真実なのだ。

千代は、夜空に浮かぶ銀色の月を仰ぎ見た。そして……。

§

——もうじき、あの柑橘色の光も消えてしまう。

重箱を抱えた千代が深川の家にたどり着いたのは、いつもなら夕餉の支度をしている時間帯のことだった。

「お帰りなさい」

古本片手の由之助が、千代を出迎えてくれる。

「遅いから心配してたんですよ」

「申し訳ありません。翠子様と話し込んでいたら、すっかり遅くなってしまって。着替えましたら、すぐに夕餉の支度に取りかかりますね。今日は、燕柳館の料理人が作った賄い飯ですよ」

「え、本当ですか？　楽しみだなあ」

喜色満面の由之助に笑みを返し、千代は上がり框を上がる。

重箱を置くため、いったん台所に向かって歩き出すと、由之助が、「あ、ちょっと相談が」と千代の後ろをついて来た。

「この本のことなんですが」

由之助が差し出したのは、先ほどから手に持っていた古本だ。

「燕石が、『この本は嫌いだから捨ててくれ』って言うんです。でも、全巻物の一部だし、本当に捨ててもいいものだろうかと思いまして」

千代は、本の表題をまじまじと見つめた。伊勢物語だ。

「――若旦那様が捨ててほしいと仰るのでしたら、それで構わないと思いますよ」

「そうですか。でも、なんだか勿体ないなあ。燕石は伊勢物語のなにが嫌いなんでしょうね」

「……おそらく、芥河でしょう」

「芥河?」

「業平の『白玉か　何ぞと人の問ひしとき　露と答へて消えなましものを』の段でございますよ」

え?と由之助は小首を傾げる。

はてさてと記憶を探すが、由之助の頭の中には〝芥河〟も〝白玉か〟の一文も存在しない。

「ええと、芥河ってどんな話ですか?」

「悲恋物ですよ。在原業平が藤原高子を表情も変えず淡々と強引に連れ出して、駆け落ちをする物語です」

台所の調理台に重箱を置き、千代は言葉を続ける。

「逃避行の末、ふたりは芥河という川原にたどり着きます。そこで業平は、高子を荒れた蔵に入れて休ませ、自分は戸口に座って寝ずの番をするのですが、実は、その蔵は鬼の住処で、業平が気づかぬ間に、鬼が高子をひと口で食べてしまうのです」

「うわあ」

由之助は、露骨に眉を顰めた。

「それで、どうなるんですか？」

「夜が明けて、ようやく業平は高子がいないことに気づきました。業平は泣いて悔やみましたが、どうすることもできません。それで『白玉か　何ぞと人の問ひしとき　露と答へて消えなましものを』――あれは真珠ですか？と聞かれた時に露ですよと答えて、ついでに私も露のように消えていればよかった、と詠んだのです」

「強引に連れ出したのに、結局、女の方は消えちゃったんですか。――あ、でも、それって」

「……きっと旦那様は、昔のことを思い出されるのでしょうね」

そういうことですか、と由之助は大きく頷いた。

アカハラ騒動のどさくさに、由之助は燕石の過去を聞き知っていた。しかし、相手の素性までは知らされていない。燕石が『白玉か』に自分を重ねているということは、いまだ別れを引きずっているということにまちがいないだろう。

「千代さんは、燕石が好きだった女のことをご存知ですか？」

「さあ……」

「そうですか。あ、そうだ」

由之助は、懐から一枚の紙切れを取り出した。

そこには燕石の文字で『朝餉はいらない』と書かれていた。

「明日の朝は、少し寝坊したいのだそうです。なので、これを千代さんに伝えるようにと」

「分かりました」

千代は由之助から紙切れを受け取り、自分の部屋に向かう。

襖を開けると、そのまま棚に歩み寄り、引き出しの中から文箱を取り出した。大きさこそそれなりだが、子供の頃に茶屋で見た、あの文箱とは比べ物にならないほど慎ましやかな文箱だ。

その中には、これまでに燕石が書いた走り書きの紙切れがたくさん収められており、今にもあふれ出さんばかりになっていた。

千代は、たくさんの紙切れの上に『朝餉はいらない』の紙切れを置く。

「随分と溜まってしまったわ……」

深い溜め息混じりに、千代はつぶやく。

そろそろ捨ててしまった方がいいかもしれない。でも、捨てられない。

ここに収納された全ての文字を愛しく感じる。けれど、一番愛しいと思うのは、やはり、三年前にもらった『仕事が終わったら裏庭に来てほしい』の文字だ。燕石から渡された紙切れが捨てられなくなったのも、もとはと言えば、この紙切れから始まっているのだから。

伊勢物語を捨てたいと言い出したのは、過去の自分を――いや、千代を責めているつもりなのだろうか。それなら千代に暇を出し、この深川の家から追い出してもいいのに、燕石にはそれができない。きっと、終わってしまった気持ちを自ら示すことに、臆病になっているのだろう。

――会いたい、と思う。会って、もう一度話がしたいと。

でも会えない。かつて、千代は燕石を傷つけてしまった。だから、こちらから顔を合わせる資格など、千代にはない。

千代は文箱に思いを閉じ込め、引き出しの中に片付けた。

そして着物を着替えながら、自分はどこまで母親似なのだろうと自嘲する。家が没落し、離縁を勧められても父のそばから離れることができなかったように、千代もまた、燕石のそばから離れることができないのだ。

燕石は、どこか千代の父に似ている。臆病で情けないところも、優しいところも、すぐに自分自身を責めてしまうところも。

けれど燕石は、父のように誰かに縋って泣くことはできない。浄天眼であるゆえに自分の気持ちに鍵をかけ、哀しみを自分の中に閉じ込めてしまう。優しい人だからこそ、そうすることを選んでしまうのだ。

だから千代は、もう一度、自分の存在に気づいてほしいと願う。

ここに、寄り添い続けたいと思っている女がいることを。

「私は、鬼に喰われてなどおりませんよ……」

ひとりつぶやきながら、千代は目を閉じる。

瞼の裏には、ふたりで深川に向かって歩き出した時に見た夕陽が、今でも鮮やかに残っていた。

祈りの笹子（一）

そろそろ春一番が吹くのではないかと思われる、ある朝のこと。

いつものように井戸水で顔を洗い、由之助は朝餉の用意がしてある部屋へ行く。すると、珍しいことに、既に燕石が膳の前に腰をおろしていた。

「言いたいことは分かるぞ。どうせ、今日は槍《やり》が降るとでも言いたいんだろう」

意味不明なしかめ面で、燕石は言う。

「どういうわけか、今朝は目が醒めてしまったんだ」

「へえ、そんなこともあるんですね」

由之助は感心したが、しかし、まだ燕石はまだ寝巻き姿のままだ。

「せっかく早起きしたんですから、着替えて顔を洗って、ついでに髭もあたってしまえばどうですか？」

「いや、さすがにそれは調子が狂うんだよ。せめて恰好だけでも、いつものままでいさせてくれ」

由之助には理解しがたいが、どうやら燕石には燕石なりの生活習慣があるらしい。

膳の上には、白飯と青菜の味噌汁、それに寒鰆《かんさわら》の西京焼きがのっていた。燕石はこの寒鰆が好きらしく、「そろそろ旬も終わりだなあ」と名残惜しげに話している。

不意に、玄関の方から、なにやら人の話し声が聞こえてきた。

「来客のようですけど……こんな早くから誰でしょうか」

いつものように千代が応対してくれているようだが、もともと来客の多くない家だけに、燕石も首を傾げる。

由之助は「ちょっと見てきます」と立ち上がった。次の瞬間、いきなり障子が開いた。

驚いて顔を上げると、なぜか膳を両手に持った相良が立っている。

「急にすまない。朝餉の相伴に与りにきた」

相良の背広は、これから出仕するとは思えないほどヨレヨレになっていた。燕石が「徹夜だったのか？」と聞くと、「ああ」と、相良は重い溜め息をつく。

「深夜に呼び出しを喰らってね。なんだかんだと動き回って、気がついたら朝になってたよ」

「朝餉くらい、実家か警察寮で食べればいいだろう」

「実家に帰るのは煩わしいし、警察寮の飯は量は多いが味がイマイチでね。それに、面倒事のあとくらい、千代が作った美味い朝餉を食いたいじゃないか」

「ということは、なんだ、また〝相良警部補にしかできない特命の仕事〟をしてきたのか」

そうだ、と頷いて、相良は大きな溜め息をついた。

「さる華族議員の子息が、花街で揉め事を起こしやがった」

ふうん、と燕石は片眉を上げる。

「強請《ゆす》りか、タカリか、酒代の未払いか」

「いや、くだらない暴力事件だよ。その子息、最初こそ芸者をあげて大人しく遊んでたんだが、酒が進んで興がのったのか、いきなり芸者の着物に手をかけちまってね。ひと晩付き合ってもらうつもりだったんだろうが、ところがどっこい、芸者も鼻っ柱の強い女でさ、『こちとら達磨《だるま》芸者じゃねえ！』って、思い切り馬鹿息子の顔面を殴りつけたんだ」

「ほう、殴ったか。馬鹿息子にとっちゃ自業自得だねえ」

さも愉快そうに燕石は笑う。

達磨芸者というのは、体を売る芸者のことだ。達磨の置物のように、すぐにお客と寝転がってしまうから、というのが所以だそうだが、〝芸は売っても体は売らない〟が信条の芸者にとって、達磨芸者扱いされることは、この上なく屈辱的なことだったのだろう。

けれど、芸者に殴られて男が黙っているはずもない。このままでは華族の名折れだと、殺さんばかりの勢いで芸者を滅多打ちにしたのだという。

「誰も止めなかったのかい」

「止めたくても止められなかったのさ。なにせ、相手は『お華族様のお坊ちゃん』なんだからね。それで俺が呼ばれたのさ」

大北座でも、こういった揉め事の時は相良を呼ぶことになっている。『相良警部補に頼めばまちがいない』というのが、この界隈での共通認識なのだ。

「それで、どうなった？」

「無事に解決したよ。興奮状態の子息を諫《いさ》めて、芸者の治療の手配して、それから華族議員様に直接会って、しっかりと治療費を出すようにかけ合った」

「馬鹿息子に謝罪させなかったのかい」

「無茶言うなよ。彼奴《あいつ》らの気位の高さは、お前だってよく知ってるだろ。治療費名目で詫び料を引き出すのが精一杯さ」

途端に燕石は、「ああ、嫌な話を聞いたせいで食欲が失せた」と箸を置いた。他人事ながら、うんざりした思いなのだろう。見れば、あれだけ大好物だと言っていた寒鰆が半分近く残してある。

すると、相良は「寄越せ」と燕石の膳を引き寄せ、その残した寒鰆を綺麗に平らげてしまった。華族相手に知力と体力を消耗してきたせいか、かなり腹が空いていたらしい。

全ての膳が空になったところで、ふと相良が、「そういえば由之助さん、最近、実家の方にちょくちょく顔を出されているそうですね」と言った。

「はい。兄夫婦が顔を見せろとうるさいので。手が空いている時は、劇場の手伝いもしてるんですよ」

「それはいいことです。初江さんも喜んでいらっしゃいましたよ」

好奇心と冒険心から家を出た由之助だが、ここにきて、少しずつ家のことも気になりだした。燕石は、「無理せず、自宅からの通いでも構わない」と言ってくれたが、むしろ由之助はここにいたいと思っているので、今暫くは燕石の家から実家の方に行く形にしてもらっているのだ。

「ところで相良、今日もまた出仕か？」

「いや、特別に非番をもらった。さすがに体がもたないよ」

笑う相良に、「それなら、うちで休んでいけ」と燕石は言う。

「ついでに、起きたら私の髪を切ってくれ」

燕石は床屋に行くことも、髪結いを家に呼ぶこともしない。とにかく自分の気を許した人間以外に触れられるのは嫌だそうで、こちらに住むようになってからはずっと、相良が燕石の髪を切ってやっているのだという。

「燕石のお陰で、私はいつでも床屋に転職できるよ」

言いながら、相良は服を全て脱ぎ捨て、猿股《さるまた》一丁になった。ここに服を脱いでおけば、千代が綺麗に洗濯してアイロン掛けまでしてくれるからだ。

「では由之助さん、失礼します。おい燕石、布団を借りるぞ」

「ああ」

相良は燕石の部屋に消えた。どうやら、そのまま燕石の布団の中に潜り込むつもりらしい。

学校にも通わず、人生の殆どを劇場の中で過ごした由之助には、幼馴染みどころか同世代の友人さえもいない。

燕石も浄天眼のせいで学校に通うことはできなかったそうだが、だからこそ余計に、相良との近しい関係を羨ましく思うことがある。

「燕石と相良さんって、家族みたいですね」

由之助が言うと、燕石は「家族とは少しちがうが、まあ頼りになる存在かもなあ」と答える。

親友とは、きっとこういう仲のことを言うのだろう。脱ぎ散らかされた相良の服を見ながら、由之助はそう思った。

時計の針が正午を過ぎた頃、由之助は燕石宅からほど近い小路をのんびりと歩いていた。

今朝は、燕石の遣いで出版社に行ったが、午前中の早いうちに終わってしまった。午後から燕石は相良に髪を切ってもらうというし、そのほかはとくにすることもないので、由之助は実家の手伝いに帰ることにしたのだ。

由之助の実家のある浅草は、相変わらず賑やかだ。今日も遊興のお客でごった返している。

いつものように、由之助は、道を練り歩くカルサン姿の広目屋から広告ビラを受け取って、大北座の入口を潜った。

二階の頭取室に入ると、ちょうど由右衛門に初江、それに小梅の三人が顔を合わせていた。

「お帰り、由之助」

ただいま帰りました、と言いながら、由之助は由右衛門の執務机を見る。そこにはインクの滲んだ原稿用紙が、束となって置かれていた。

「新しい演目の台本ですか？」

「ああ。見習いの座付き作家に書かせてみたんだ。頑張って書いていたようだが、しかし、まだまだだねえ」

使いものになるのはもう暫く先だよ、と由右衛門は言う。演者の世界も厳しいが、裏方の世界もまた厳しいものなのだ。

「ところで由之助、今日も大道具を手伝うのかい？」

「はい。棟梁《とうりょう》が、来月公演の大仕掛けに手間取ってると言ってましたので」

「ああ、その件は、座長もぼやいていたからねえ」

このところの由之助は、大道具倉庫で裏方衆の仕事を手伝うことが多かった。以前は由右衛門や番頭について帳簿仕事をしていたのだが、千代に大工仕事を教わって以降は、裏方仕事にも気が回るようになってきた。

勿論初江は嫌がったが、由右衛門は「裏方の仕事を知るのも、頭取の跡取りの大事な仕事だ」と、由之助に理解を示してくれたのだ。

「由之助さん、それなんですか？」

お茶と菓子鉢を運んできた小梅が、ふと由之助の上着ポケットに捩《ね》じ込まれていた広告ビラに気づく。

「さっき、広目屋からもらったんだ」と手渡すと、広告ビラに目を通した小梅は、わあ、と声を上げた。

「回向院《えこういん》の境内で、チャリネ一座が曲馬を披露するそうですよ」

ほんの十数年前までは、立て続けに来日する西洋見世物団が人気だった。仏蘭西のスリエ曲馬団、伊太利亜《イタリア》のチャリネ曲馬団が有名だが、由右衛門の話によると、御一新の前には既に亜米利加《アメリカ》の曲馬団が来日していて、かなりの好評を博していたらしい。

そして近年、日本人による曲馬団が設立され始めた。チャリネ曲馬団から名前を取った『日本チャリネ一座』も、そのひとつである。

「西洋見世物にお客を取られないように、こちらも手を打たないとねえ……」

由右衛門は溜め息をつきながら、眉間に皺を寄せた。

「なあ由之助、なにかいい知恵はないかい？　なにかこう、新規の若い客を惹きつけられるような」

「なにかと言われても、そもそも俺、曲馬団の芸を見たことがありませんし……あ！」

言いかけて、由之助に頭の中に閃きが浮かぶ。

「兄さん」

「なんだい？」

「ここはひとつ、敵情視察に出張ってもいいでしょうか。俺と小梅で」

我ながらいい思いつきだと由之助は思った。まずは西洋見世物団を知らなければ新しいものなんて考えつかないと思うし、なにより小梅を劇場の外に連れ出してやるいい口実になる。

由右衛門は、ふむ、と思案げに首を傾げた。

よしもうひと息だ、と由之助が口を開こうとした瞬間、それを遮るように「駄目ですよ！」と初江が声を上げた。

「曲馬団なんて、猛獣と人間が曲乗りするような危険な見世物じゃありませんか。それに、誰が潜んでいるかも分からないような人込みに、あなた達をふたりきりで出かけさせられるもんですか。もし拐《かどわ》かされでもしたらどうするの」

「大丈夫ですよ。俺も小梅も、そんな簡単に連れ去られるような小さな子供じゃありませんから」

「いいえ、歳の問題じゃありませんよ。由之助さんはもう忘れてしまったの？　鶴田屋さんのご姉弟は破落戸に連れ去られて……お嬢さんの方は、あんなことに……」

う、と由之助は言葉を詰まらせる。

鶴田屋姉弟拉致殺人事件については、由之助が最もよく事情を知っていた。今のところ由之助に岡惚れする蔦子のような存在はないとはいえ、あの事件を引き合いに出されてしまえば、由之助はぐうの音も出ない。

「うん、よし、この話はもう終わりだ」

ポンと、由右衛門がお手打ちの手を叩く。ここで話を切り上げたということは、由右衛門の方もふたりを曲馬団に行かせるのは駄目だという結論に達したらしい。

「でも、兄さん」

「終わりだと言っただろう、由之助」

取りつく島もない。思わずムッとすると、すかさず小梅が「あ、あの、私、いいことを思いついたんですけど」とふたりの間に割って入る。

「燕石先生にお願いするというのはどうでしょうか。座付き作家さんとはちがう目線で、なにか面白い筋を考えてくださるかもしれませんよ」

なるほど、と由右衛門は頷いた。

「小梅の言うとおりだな。よし、さっそく依頼の手紙を書こう。由之助、帰る際にその手紙を燕石先生に届けておくれ」

「兄さん、それよりも、俺は小梅と曲馬団に」

「駄目だ」

きっぱりと、由右衛門は言い放つ。

「初江も言ったとおり、回向院の境内は、曲馬団の客でごった返すだろう。それが分かっているのに、あそこはいつも警察を常駐させないいんだ。お前は燕石先生のところに行ってから外出することになれただろうし、男だから、なにかあった時は自分で解決することも可能かもしれない。けれど、女の小梅は、そういうわけにはいかないんだ。もしも小梅になにかあれば、私と初江は死んだ紅梅に顔向けできない」

大袈裟だ、と由之助は思ったが、由右衛門は至って大真面目だ。

曲馬団の客には女や子供だってたくさんいるはずだ。そう言い返そうとした瞬間、小梅が「由之助さん、そろそろ階下の仕事に行きましょう」と、強引に由之助を頭取室の外に連れ出す。きっと、これ以上は喧嘩になると、小梅なりに気を遣ってくれたのだろう。

しかし、やはり由之助は納得がいかなかった。それなのに小梅は、「私、この劇場の芝居が大好きなんですよ」と言う。

「だから、曲馬団なんて見なくたって、別にいいんです」

——そうじゃない。そうじゃなくて、俺が小梅と外を歩いてみたいのだ。

思わず、深い溜め息がこぼれる。

距離を置いて暮らしている今だからこそ、由之助にも分かる。体が悪いわけでもないのに、学校に行かせず、まともに外出もさせないなんて、兄さんも義姉さんもなにかおかしい。

――これは過保護なんかじゃない。きっと理由があるはず。きっと……なにか……。

「由之助さん、どうかしたんですか？」

けれど、うまく言葉にできない。

「なんでもないよ」

頭に巣食う漠然とした考えが、まだ形となって見えない。

作り笑いを頬に貼りつけ、由之助は遣る瀬無い思いで大道具倉庫に入った。


夕暮れ差し迫る頃、由之助は深川の燕石宅に戻った。

相良は既に警察寮に帰ったあとで、部屋には、髪をさっぱりさせた燕石がいるだけだった。

「ふうん、新しい演目ねえ……」

由右衛門からの手紙に目を通しながら、燕石はこめかみの辺りを人差し指で掻く。

「さて、私の専門は戯作小説で、芝居の台本など書いたことはないんだが」

「その辺は大丈夫です。大まかな話の筋や、決め手となる台詞を書いてもらえば、あとは、うちの座付き作家が台本の形に起こしてくれるので。あ、それと、うちは男の演者もいますが、女の演者の方が圧倒的に多いので、その辺りも考慮してくれると助かります。……ところで、燕石は芝居を観たことがありますか？」

「あるよ。ずっと昔だけどね」

封筒に便箋を戻しながら、燕石は言う。

「翠子が生まれる前には、両親と一緒に、何度か観劇をしたよ。もしかしたら、大北座にも、行ったことがあるかもしれない。でも、それ以降は一度もないな。ほら、私はこんな体質だから、人込みの中に行くには色々と問題があるし、まあ子供の時は親がなにかと対策をしてくれたからよかったが、大人になると、自分でそれをするのが煩わしくてね」

「それで、出不精の物ぐさになったんですね」

「まあそういうことだ」

ふふふ、と燕石は笑う。

「それで、どういう演目が人気なんだい？」

「色恋物……というか、悲恋物ですね。とくに、心中物は一定の贔屓がいます。ただ、そういうのは安定した収益を見込めますが、お涙頂戴になりがちなので、若いお客を開拓できるような部類ではなくて」

「なるほどねえ」

言いながら燕石は、手紙を文机の上にポンと置いた。

「まあ、私で役に立つかどうか分からないが、せっかく声をかけていただいたのだから、なにかひとつ考えてみよう。由之助の兄さんにも、そのように伝えておくれ」

ありがとうございます、と由之助は頭を下げ、ホッと安堵の吐息をつく。と同時に、ちがうことがちらりと頭を過《よぎ》る。

「あの……ちょっと聞いてみたいことがあるんですけど」

「なんだい？」

「たとえばですけど……たとえば、俺を経由して、俺の兄と義姉の頭の中を見ることってできますか？」

「はあ？」

燕石は顔を歪め、大きく首を捻った。

「いや、あの、今日、兄と義姉に触られたので、物から人の心を見るような感じで、こう、俺経由でふたりの頭の中を見ることはできないかなあ、と」

「冗談じゃない。そんな馬鹿げたこと、私はしないよ。たとえできたとしても、そんなややこしい浄天眼の使い方をすれば、私は眠るどころか死んでしまう」

「え？　そうなんですか？　あ、そうですよね。ええと、じゃあ……あ、そうだ、その手紙はどうですか？　その手紙、兄が書いたものなんで、そこからこう、どうにか」

「由之助」

燕石は上半身を丸め、ずいっと顔を由之助に近づけた。

「お前、様子がおかしいぞ。どうして兄さんの頭の中を見たいんだい？」

それは……と由之助は言葉を詰まらせる。そして僅かな逡巡のあと、小さな声で、「最近、ちょっと考えるんですよ。うちの兄夫婦の過保護って、本当はなにか理由があるんじゃないかと思って……」と話す。

「どうして？」

「ここに来てから、兄さんの考え方に引っかかりを感じるようになったんです。義姉さんは相変わらずなんですけど」

ふむ、と燕石は眉間に皺を寄せ、思案げに腕を組んだ。

由之助は言う。由之助と小梅は、幼い頃から学校にも行かず、外出も制限されてきたが、本当に他所に出したくなかったのは、小梅だけだったんじゃないかと。きっとそれには、なにか理由があるんじゃないかと。

「だってほら、俺が燕石の家に住むことは渋々だけど許してくれたじゃないですか。だけど、小梅は駄目なんです。曲馬団を観にいくだけでも大反対されたし」

「詳しい理由は聞いたかい？」

「曲馬団の会場は回向院の境内なんですが、そこは警察が常駐してないから、小梅には危険だというんです。でも、それっておかしくないですか？　たとえ警察がいない場所だって、他所の女子供は普通に出歩いているっていうのに」

「ふうん、たしかにそれは変な話だな。……しかし、人の考えってのは、理屈じゃあないからなあ」

「どういうことですか？」

「一度頭の中で固まった考えは、簡単に変えることができないってことだよ」

言いながら、燕石はちらりと障子の方に目を向ける。見ると、千代の影が映っていた。どうやら、お茶を持ってきてくれたらしい。

由之助は障子を開けると、千代から燕石が見えないように湯飲みののった盆を受け取り、また燕石のところへ戻った。

燕石はそのお茶で咽喉を潤すと、「きっと、兄さんの頭の中では、由之助と小梅さんの成長の早さがちがうんだろうなあ」とつぶやいた。

「なんですか、それ。同じに決まってるじゃないですか」

「だから、さっきも言ったろう？　一度頭の中で固まった考えは、簡単には変えられないんだよ」

男と女でちがうのさ、と燕石は語る。

「由之助は男で、大北座という大きな劇場の跡取り息子だ。いつまでも甘やかしていては劇場経営なんてできないし、そろそろ世間とはどういうところなのかを見せておかなければならない。かわいい子には旅をさせろというヤツだな。でもな、小梅さんはちがう。血の繋がりはないとはいえ、蝶よ花よと育ててきたかわいい娘だ。他人のところに嫁がせるわけでもないし、焦って世間を教える必要もない。由之助の兄さんの目には、まだまだ手元に置いておきたい、幼い子供のように見えているのさ」

「じゃあ、俺は大人扱いをされていて、小梅は子供扱いのままということですか？」

まあそういうことだ、と燕石は笑った。どちらもかわいがられていることに変わりはないがね、と。

しかし、それっぽくは聞こえるが、納得できるような、できないような話だ。

首を捻る由之助に、燕石は「だから理屈じゃないって言ったろう？」と笑う。曰く、誰かを慈しむ気持ちは言葉で簡単に説明できるものではなく、しかも、大人になればなるほど感情は曖昧かつ複雑になっていくらしい。

窓の向こうから、まるで人間を小馬鹿にしたような鴉《からす》の鳴き声が聞こえる。お前まで笑うのかと由之助が窓の向こうに視線を向けると、ふと燕石が、「警察か……」とぽつりとつぶやいた。

「あ、それです！　そのことも引っかかってたんです！　兄さんは警察のことを言い出すし、義姉さんは鶴田屋姉弟のことを持ち出すし、ちょっと大袈裟だと思いませんか？　拐かしについて、ちょっと神経質だと思うんですよ」

「それは、峯尾紅梅の狂信的な贔屓が、揉め事を起こしたことが原因じゃなかったかい？」

「もう昔のことじゃないですか。しかも、峯尾紅梅は、もうこの世にはいないんだし」

「まああたしかに」

「それに、兄さん達は紅梅の揉め事が原因だと言いながら、その内容を絶対に教えてくれないんですよ」

「――え？」

一瞬、燕石が瞠目したのを、由之助は見逃さなかった。

「なにか知ってるんですか？」

由之助が問うと、「いや、私はなにも知らないよ」と、燕石はいつものように飄々《ひょうひょう》と答える。

「でも」

「まあ、そのうち教えてくれるんじゃないかい？」

温くなったお茶を飲み干しながら、燕石は言う。

「今は大人扱いされてるみたいだし、時期が来れば、由之助の兄さんが教えてくれるよ。

――きっと」


翌日、由之助は馴染みの古書店に来ていた。

燕石に本を買ってくるよう頼まれたのだが、それは御一新前に刊行された古い人情本で、おそらくこの古書店でないと手に入らないだろうと燕石に言われたからだ。

煮染めたような古い日除け暖簾を潜ると、「いらっしゃい」と、小柄な老人が由之助を出迎えた。

暖簾同様、古い煮染めのような喰えない雰囲気を醸し出す老人は、この古書店の店主、濱田《はまだ》だ。

「燕石先生のお遣いかい？　小僧さん」

ええまあ、と由之助は曖昧に答える。

濱田老人は、なぜか由之助のことを「小僧さん」と呼ぶ。

今まで何度も「自分は燕石の小僧ではない」と説明してきたのだが、この濱田老人は一向に覚えてくれる気配がない。おそらく、お客の詳しい素性なんて濱田老人にとってはどうでもいいことなのだろう。

「今日はなにをお探しだい？」

「この本がほしいんですが」

由之助が燕石の記した紙切れを手渡すと、濱田老人は「ああ」と頷いて、「これは、あの辺にあるよ」と、薄暗い棚の一角を指差した。

「わたしゃ腰が痛くて敵わないんでね。自分で探しておくれ」

はいはい、と、由之助は言われた棚の前に立つ。

本を日焼けや劣化から守るため、古書店というのは北向きに建てられていることが多いのだそうだが、この店はどの古書店にも増して薄暗い。

由之助が目を凝らして本の題字を読んでいると、店に新しいお客が入ってきた。詰襟を着た学生のふたり連れだ。

とくに目当ての本があるわけでもないらしく、ふたりは濱田老人に軽く会釈をして、適当に本を漁り出した。よさそうなものがあれば購入して帰ろうということなのだろうが、ふたりの会話がとても楽しそうで、なんとはなしに由之助は耳を傾ける。

と、不意に濱田老人が「小僧さんは、学校に行ってないのかい？」と声をかけてきた。

「え、ええ、まあ」

「ふうん、そうかい。まあ勤労青年もいいけどね、あんた、燕石先生に頼んで、学校に行かせてもらったらどうだい？　小僧じゃなくてね、書生にしてもらうんだよ、書生に。わたしゃ、その方がいいと思うよ」

もしかして、羨ましがっているように見えていたのだろうか。

なんだか馬鹿馬鹿しくなって、「そうですね」と由之助は頷いた。学校に行けないのはそれが問題だからではないのだが、どうせ説明したところで濱田老人が理解してくれることはないだろう。

目当ての本をようやく見つけ出し、由之助は会計を済ませる。

由之助がお釣りを財布に仕舞っていると、

「ところで小僧さん、あの別嬪《べっぴん》の女中さんは辞めちまったのかい？」

と濱田老人が聞いてきた。

「千代さんですか？　いいえ、いますよ。俺が家を出る時は、洗濯をしていましたが」

「なんだい、燕石先生の猿股を洗ってたのかい」

濱田老人はチッと舌打ちし、皺だらけの顔にさらに細かい皺を寄せた。

「まあいいけどさあ、最近は小僧さんしか顔を出さないから、どうしちまったのかと思ってね。なあ、たまにはあの別嬪さんを寄越すように、燕石先生に頼んでおくれよ。わたしゃ、目の保養ができなくて困っちまうよ」

「目の保養って、千代さんは見世物じゃないですよ」

「なに言ってんだい。ああもう、小僧さんはまだまだ子供だねえ。大人の男ってのはね、花や景色を愛《め》でるように、別嬪さんにも眼福を覚えるもんなんだよ。たとえ、こんな老いぼれになったとしてもね。それにねえ……ほら、この界隈や常連さんに、あの別嬪さんを世話してほしいって男衆が何人もいてね」

「世話？」

「だからだね、縁談だよ、縁談。あの別嬪さんを嫁にほしいから、どうにか繋ぎをつけてくれって頼んでくる男衆が、大勢いるってことだよ」

由之助は「ああ、そういう意味ですか」と納得する。と、同時に驚いた。

慌てて「だ、駄目ですよ！　千代さんに嫁に行かれては、燕石が死んでしまいます！」と言うと、濱田老人は「なんだい、あの別嬪さん、やっぱり燕石先生のお手付きだったのかい」と由之助に返す。

「い、いいえ、それはないと断言できます。でも、千代さんがいなくなるのは駄目なんです。燕石は、家事の一切合財ができない人なんですから」

「そんなもん、新しい女中を雇えばいいじゃねえかい」

言われてみれば、たしかにそうだ。

濱田老人は「花の命は短いんだよう」と笑う。

「いい時期に、いいところに嫁に出してやるのが、いい雇い主ってもんだ。あの別嬪さんなら引く手数多だってことは、燕石先生も十分理解していなさると思うがねえ。まあ、ちょいと聞いてみておくれ。返事は遅くなってもいいよ。なに、悪いようにはしないからさ」

§

古書店を出て、帰路に着く。

由之助の頭の中には、濱田老人の言葉がこびりついていた。

——千代が嫁に行く。

千代は燕石より三つ下だと言っていたから、歳は二十三か。たしかに、嫁に行ってもおかしくない年頃だ。しかも、あれだけ美人で、気立てがよくて、家事だって万能なのだから、濱田老人が言うとおり、引く手数多なのはまちがいない。燕石……は無理としても、燕柳館の当主が口を利けば、それなりによい家に嫁ぐのも不可能な話ではないだろう。

嫁に行くのはいいことだ。めでたいことだ。頭では分かっているのに、なにかが引っかかる。

——変わってほしくないという思いが、頭の隅を過る。

あの家には、千代がいるのが当然だと思っていた。家主と女中が顔を合わさなくても、阿吽《あうん》の呼吸で生活が成り立つ家。そこにほかの誰かが入ることなど、由之助には到底考えられない。

でも、きっとそれは利己的な考えというものなのだろう。千代には千代の人生があるのだし、由之助だって、いつかは燕石の家を出ていかなければならない。変わってほしくないと思っていたって、どうせいつかは変わってしまうのだ。

小さな溜め息がこぼれる。と、いきなり強い突風が吹き、巻き上げられた砂塵が由之助の頬を打った。

まるで、春風に活を入れられたかのようだった。

「痛《い》ってぇ……」とつぶやき、由之助は頬についた砂塵を払う。

「由之助さん」

不意に声をかけられ振り返ると、そこには相良の姿があった。勤務中らしく、燕石の家にいる時よりも険しい顔をしている。

「こんにちは。奇遇ですね、相良さん」

「もしかして、今から大北座に帰られるのですか？」

「え？」

そういえば燕石に、新しい演目の件を了承したと、由右衛門に伝えておくように言われたのを思い出した。ここからなら燕石の家より大北座の方が近い。外出のついでに大北座に寄るのもいいだろう。

「そうですね。そうしようかな」

由之助が暢気《のんき》に答えると、相良は「申し訳ないが、日を改めてください」と、なぜか切羽詰まった様子で頭を下げる。

「なにかあったんですか？」

「今から、由右衛門さんに大事な話をしなければならないんです。だから、今日は」

「え、ええ、構いませんが」

由之助が頷いた途端、相良はくるりと踵を返し、急ぐように歩き出した。

が、数歩進んだところで、「由之助さん」と、相良はなにかを思い出したかのように振り返った。

「もうひとつ、頼まれてやってください。燕石に伝言をお願いしたいのですが」

「え、あ、はい。なんですか？」

また、突風が吹いた。

相良は砂塵を払うように咳払いをする。

「『つじのきりゅう』が、大阪に潜伏していることが分かったと……」


翌日は、朝からずっと雨だった。

折しも花冷えの頃だ。この時期の湿気は必要以上に体を冷やす。気持ちまで冷え込むようだと思いながら、由之助が火鉢の炭をかきならしていると、台所から出てきた千代がペコリと頭を下げた。

「申し訳ありませんが、このおにぎりを、若旦那様にお渡しくださいませんでしょうか」

いいですよ、と、由之助は返事をする。

夕べから燕石は部屋に閉じ篭り、なにも口にしていない。原因は、おそらく『つじのきりゅう』だ。

昨日、古書店の遣いから帰宅した由之助は相良に言われたとおり、「『つじのきりゅう』が大阪に潜伏している」という謎の言葉を伝えた。

潜伏という言葉から、なんとなく『つじのきりゅう』が人名であることは分かったが、それを口にした途端、燕石は突如として顔色を変え、そのまま部屋に閉じ籠ってしまった。

そのあとは人を寄せつけず、とてもじゃないが、濱田老人に言われた千代の縁談話など持ち出せる雰囲気ではない。

「――『つじのきりゅう』って、誰なんですか？」

握り飯ののった皿を受け取りながら聞くと、千代は「さあ、私は存じ上げませんが……」と、困ったように首を傾げる。

「それより、由之助様もおにぎりはいかがですか？　美味しい浅蜊《あさり》の時雨煮もございますよ」

「いや結構です。しっかり朝ご飯をいただいたんで、今はお腹がいっぱいで」

「まあ、そうですか？　由之助様は、本当に食が細くていらっしゃいますね。若旦那様と光太郎様が十六の頃は、米櫃《こめびつ》の底が見えてしまうんじゃないかと思うほど、お互いに競って食べていらっしゃいましたけど」

なんだか、話をはぐらかされたような気がした。

これ以上聞いても、おそらく千代は答えてくれないだろう。そう思った由之助は、話を切り上げ、燕石の部屋に入る。

当の燕石は縁側に座り、ぼんやりと外の景色を眺めていた。

「握り飯を持ってきましたよ」

由之助が声をかけると驚いたように振り返り、すぐに「ああ、うん」と、これまたぼんやりした返事をする。

「今日は胃の腑が物ぐさを起こしているようでね。どうにも動く気がないようだから、代わりに由之助が食べておくれ」

「そういうのを〝食欲がない〟って言うんだと思いますよ。それに、俺はお腹いっぱいで今はなにも食べられる状態じゃありません」

「お前は食が細いねえ。私や相良が十六の頃は、米櫃の底が見えてしまうほど食べたもんだが」

「それ、さっき千代さんにも言われました」

言いながら、由之助は燕石のそばに座る。

縁側から入る外気はシャツ一枚では凍えてしまいそうなほど冷たい。雨はしとしとと降り注ぎ、ようやく顔を出した庭木の新芽を無情に濡らしていく。

「——なにがあったんです？」

「なにがって？」

「急に部屋に閉じ篭ったじゃないですか」

「さあ、なんだろうねえ」

うーん、と腕組みをし、そのまま燕石は動きを止めた。

止まったままウンともスンとも言わなくなってしまったので、じれた由之助は「具合でも悪いんですか？」と聞く。

「ああそうだね。少し具合が悪いのかもしれないね。うん、そうだ、薬種屋で薬でも買ってきてもらおうかな。胃薬とか、風邪薬あたりを」

由之助は口をへの字に曲げる。ずいぶん投げやりな遣いの指示だ。こんなの、ひとりにしておいてほしいと言っているのと同じではないか。

「具合が悪くないのに薬を飲むのは、体によくないですよ。とにかくその握り飯、ちゃんと食べてくださいね。俺、今日は出かけますから」

そう言って、由之助は燕石の部屋を出る。

結局、『つじのきりゅう』が誰なのか分からなかったし、燕石が食欲をなくした事情も分からなかったが、今日はもう、そっとしておくしかないだろう。

　由之助は自室に上着を取りにいき、その足で台所にいる千代のもとへと向かう。

「千代さん、俺、今日は大北座に行きますから」

「はい。あの、若旦那様は？」

「駄目です。食欲もないみたいで、縁側から外を眺めて、魂が抜けたみたいにボーッとしています。あの握り飯だって、ちゃんと食べてくれるかどうか……。申し訳ないですが、時々、部屋の前で大きな音を立てていただけませんか？　そうしないと我に返らないと思うんで」

　そうですか、と、千代は顔を曇らせた。

　そんなに心配しているのなら千代からもなにか言ってくれればいいのに、と由之助は思ったが、まあそれは酷というものかもしれない。女中が雇い主と顔を合わさないなんて、きっとなにか深い事情があってのことなのだろうから。

「それでは、行ってきます」

　番傘に降り注ぐ雨音を聞きながら、由之助は大北座へと向かう。

　歩きがてら、ふと思い出す。そういえば昨日、相良は、由右衛門に大事な話があると言っていた。もしかしたら、それは『つじのきりゅう』に関することだったのかもしれない。

もし、由右衛門がなにか知っているのだとしたら。

燕石と由右衛門と『つじのきりゅう』に、一体どんな関係があるのか分からないが、聞いてみる価値はあると由之助は思う。うまくいけば、なにか糸口のようなものが見つかるかもしれない。

そんなことを考えていると、ふと前方から見覚えのある人影が近づいてくることに気がついた。

噂をすればなんとやら、由右衛門と相良だ。

「兄さん！　相良さん！」

由之助が声をかけると、ふたりはハッとしたように傘の下から由之助の顔を見た。

「ふたり揃ってなんて珍しいですね。どうしたんですか？」

「それは……」

相良は言いにくそうに口篭り、ちらりと由右衛門に視線を送った。

視線を受けた由右衛門は小さく嘆息し、「今から、燕石先生に頼み事をしにいくんだよ」と、重い表情で答えた。

「え、そうなんですか？　でも、昨日から燕石は、なんだか調子が悪いようなんですよ。

まともに話ができるかどうか」

「寝込んでいらっしゃるのかい？」

「いえ、食欲がなく、縁側でボーッとしている感じで……。あ、でも、話を聞くことぐらいならできると思います。とりあえず、俺も燕石の家に戻りますね」

「ああ、そうだな。――ちょうどいい、由之助にも大事な話があるから」

すると相良が、「由右衛門さん、いいんですか？」と、まるで咎《とが》めるように由右衛門に聞く。

「いいんですよ。どうせいつかは、由之助にも話さなければならないことですから」

「あの、俺に話さなければいけないことってなんですか？」

「それは燕石先生のお宅に伺ってからだ。往来でできる話じゃない」

珍しく厳しい由右衛門の口調に、思わず由之助はギュッと口を噤む。

――きっと、『つじのきりゅう』のことだろう。

そんな考えが、頭を過る。

そのあとは誰もなにも言わず、由之助も無言のまま、今来た道を戻った。

家に戻ると、千代が驚いたような表情で三人を出迎えた。

初対面の由右衛門が挨拶するのもそこそこに、相良は「燕石は？」と千代に聞く。

「あの、今日はお加減がよろしくないようで……」

「それは由之助さんから聞いたよ。あの軟弱者が」

毒づきながら、相良はずかずかと上がり框を跨いだ。

「お待ちください」と千代は言ったが、相良の耳には届いてないらしい。千代には申し訳ないと思いつつ、由之助と由右衛門も、相良のあとに続く。

障子を開けると、燕石は相変わらず縁側に座っていた。

案の定、由之助が置いていった握り飯はそのままで、相良が声をかけると燕石は弾かれたように後ろを振り返った。

「ああなんだ、相良か」

「こら腑抜け、なんて顔をしてるんだ。お前、由之助さんから聞いたろう？『つじのきりゅう』のことを」

途端に燕石は顔を曇らせ、目を背ける。と、ようやく由右衛門に気がついた。

由右衛門は深くお辞儀をし、「お初にお目にかかります。私は……」と言いかけると、燕石は慌てて「改まった挨拶は結構ですよ」と言葉を遮る。

「大北座の頭取の、北原由右衛門さんですね。由之助にそっくりなので、すぐに分かりましたよ」

「はい。日頃より弟がお世話になっておりますのに、ご挨拶が遅れましまして」

「いえ、とんでもない。お世話になっているのは、こちらの方でして。それに〝私の体質〟の関係で、このような隠遁生活を送っているものですから、挨拶をご遠慮していただいていたのもこちらの方で。ああ、それと由之助とはお互いに敬称を略す約束をしておりますので、それもお許しいただきたい」

今更なことを言って、燕石はふふふと笑う。

少しは元気が出てきたのだろうか、と思っていると、部屋の外から物音がする。

見ると、いつものように湯飲みののった盆が置かれていた。

「変な家だとお思いでしょうが、うちは家主と女中が顔を合わせてはいけない決まりになっておりますので、それに関しても、どうかお気になさらず」

はあ、と頷き、由右衛門は盆の上から湯飲みを受け取った。その表情は平静そのものに見えたが、おそらく内心は困惑しているだろうと由之助は思う。

ふと縁側の向こうを見ると、雨脚は地面を叩きつけるように強くなっていた。

「――それで、今日はどのようなご用件で？」

ぽつりと雨音に紛れるように燕石が聞いた。

「大北座の新しい演目については、私も微力ながらお手伝いをさせていただきたいと思っております。けれど今日は、その話をしに来られたのではないんでしょう？」

　はい、と由右衛門は頷いた。

「早速のことで恐縮なのですが、実は『つじのきりゅう』のことで燕石先生にお願いが……」

「あの、ちょっと待ってください」

　慌てて、由之助は口を挟む。

「『つじのきりゅう』って、誰なんですか？」

「これ由之助、話の腰を折るんじゃない」

「でも、兄さんはさっき、燕石の家に着いたら説明するって」

　ああ、と由右衛門は小さな唸り声を出した。

　余程言いにくいことなのだろう、由右衛門はちらりと相良に視線を向ける。

　それを受けた相良は、やにわに眉間に皺を寄せた。そして、燕石と由右衛門両方に伺いを立てるように視線を返すと、

「――ええまあ、まずは私から説明した方がいいでしょうね」

　と口を開いた。

「とある事件の犯人の通称で、正式には『辻斬りの桐生荘八《きりゅうそうはち》』と言います。由之助さんが生まれる前の事件ですが」

由之助は小さく首を捻る。

桐生荘八。聞いたことのない名前だ。しかも、冠に『辻斬り』なんてつくとは穏やかではない。そんな男が、燕石や由右衛門と一体なんの関係があるのだろうか。

「どんな事件だったのですか」

由之助が聞くと、相良は、「連続強盗殺人事件ですよ」と、溜め息混じりに答えた。

「桐生荘八は、越後獅子の流れを汲む、もと軽業師でした。はっきりとした凶器は分かっていませんが、廃刀令発布後の事件でしたので、おそらく仕込み刀のようなものだったのではないかと言われています。ただ、辻斬りとは言っても、彼奴の目的は試し斬りではなく、あくまで金品強奪でしたので、弱く仕留めやすい老人や女性ばかりが犠牲になったんです」

被害者は百人を超えると言われています、という相良の言葉に、燕石と由右衛門の深い溜め息が重なる。

それは、かつて東京《とうきょう》を騒がせた凶悪な事件。

その犯人が、十六年以上経った今、ようやく大阪にいることが分かったのだ。

――でも、やっぱりおかしい。

由之助は、自分より年嵩の三人の顔を見る。

昔の――それも由之助が生まれる前の事件ということは、燕石や相良だって、十か、それよりも幼い子供だったはずだ。由右衛門だって、当時はまだ二十歳にもならなかったはず。そんなふたりが老人や女ばかりを狙う大罪人と接点があるとは到底思えない。

と、由之助の疑念を察したのか「うちも、縁者が被害に遭いましてね」と相良が言う。

「静子《しずこ》という、燕石の母方の親類でした。まだ嫁入り前の若い女性で、燕石の母などは、まるで自分の妹のようにかわいがっておりました。誰に対しても分け隔てなく優しい人で、私も燕石も彼女のことが大好きだったんです。縁談の話も出始めていて、そのうち、よい人のところに嫁に行くんだろうと思っていました。それなのに……」

まるで黙禱《もくとう》でもするかのように、燕石は静かに瞼を閉じる。

「そうだったんですか……」

親類縁者に被害者がいたということであれば、燕石の落ち込みも、切羽詰まった相良の様子も納得できる。

――では、由右衛門は？　由右衛門は、一体なにを頼みに来たというのだろうか。

「これを」

不意に、由右衛門は手にしていた風呂敷包みの結び目を解いた。

中から出てきたのは、古い赤ん坊の着物だった。

薄紅地に白い梅小鉢紋様が散りばめられた女児用の着物で、背中側の襟から少し下がった部分に鶯色《うぐいすいろ》の糸で小さな小鳥の縫い取りが施されている。

「この縫い取りは、浜千鳥の背守り……ですか」

燕石の問いに、「はい」と由右衛門は頷いた。

「着物は針子部屋のお信という者が仕立てをしましたが、この背守りだけは、生前の峯尾紅梅本人が、心を込めて針を刺したものです。なにかのお役に立てるのではと思い、持って参りました」

背守りというのは、子供の着物の背中につける飾り縫いのことだ。

背後から悪いものが入ってこないようにと願いを込めて縫いつけられるもので、由之助も幼い頃、初江やお信が色々な絵模様を縫ってくれたことを覚えている。

そして、峯尾紅梅が背守りを縫ったということは、おそらくこの着物は小梅のもの。

「兄さん、どうしてこれを？」

「それは……」

口を衝いて出た由之助の疑問に、由右衛門はゆっくりと、由之助の目を見ながら答えた。

「——桐生荘八が、小梅の実の父親だからだよ」

いつかは話さなければいけないと思っていた、と由右衛門は言った。話さないで済むのなら、一生話したくはなかったが、と。

「冗談でしょう？」

由之助は耳を疑った。

「だって、小梅の父親は、峯尾紅梅の後援者だと言っていたじゃないですか」

「ああ、たしかに言った。でも、それは嘘じゃない」

「それなら、どうして」

「——桐生荘八が紅梅をパトロネージュするために使った金は、一体どこから出てきたか分かるか？」

その言葉に、由之助はハッとする。

——大北座の看板女優が住む高級な部屋、高価な衣類、髪結いや付き人の給金。とても軽業師の男が工面できるような金額じゃない。きっと、それらは全て……。

「紅梅は……いや、私達誰もが、桐生荘八に騙されていたんだよ」

こんなことは言い訳にしかならないが、と由右衛門は深い溜め息をつく。

由右衛門は語る。桐生荘八が大北座に現れたのは、紅梅が看板女優として名乗りを上げた頃のことだった。

当時の紅梅には、複数の後援者がいた。それは紅梅の人を魅きつける美貌、演技力、歌声に惚れこんだ純粋な贔屓達で、ゆえに紅梅をロレットに——つまりは、紅梅に愛人となることを求める者など、誰ひとりとしていなかった。

そして桐生荘八もまた、その後援者のうちのひとりだったのだ。

紅梅の後援会は、いわば上流階級の社交倶楽部のようなものであった。そんな場所に、どうやって桐生荘八が潜り込んだのかは分からない。

ただ、彼が天性のペテン師であったことはまちがいないようで、古くから続く資産家の次男坊と名乗り、誰にも疑われることなく紅梅の楽屋に出入りしていた。

「それでは、紅梅の後援者を名乗るその陰で、桐生荘八は辻斬りをしていたということですか？」

すると相良が、「いえ、実際は、紅梅に接触する何年も前から辻斬り以外の犯罪も繰り返していたんですよ」と口を挟む。

「彼奴は軽業師として全国を興行して回っていましたが、その軽業一座というのが、実は全国で詐欺や窃盗、強盗を繰り返す犯罪集団だったんです。当時の桐生荘八は、むしろ辻斬りの方を片手間にやっていたくらいで。まあ、こちらの犯罪集団は警察の手によって一網打尽にした……と言いたいところですが、あまりにも巧妙な組織だったので、一部を取り逃がしてしまいました。そのうちのひとりが、桐生荘八だったんです」

桐生荘八は大罪人だ。きっとどこかに潜伏してしまったのだろうと誰もが考えた。

ところが、実際はちがった。桐生荘八は名前を変え、堂々と社交の場に姿を現していたのだ。

「今にして思えば盲点だった、と当時の担当警部は語っていました。というのも桐生荘八は、峯尾紅梅が大部屋女優だった頃からの大贔屓だったそうでしてね。警察の手を逃れた時に持ち出した組織の金と、そのあと辻斬りを繰り返して作り出した金を元手に、彼奴は『辻野《つじの》桐也《きりや》』という上流階級の紳士を気取り、峯尾紅梅の後援会に潜り込んだんですよ」

偽名をあえて『辻野桐也』としたのも、おそらく、自分を取り逃がした警察への皮肉が込められているのだろうと、相良は言う。辻にて人を斬るツジノキリヤ。それは、警察に対する侮蔑にも似た嘲罵の言葉。

「私の知る限り、桐生荘八は隙のない男だったよ」

苦々しい表情を浮かべ、由右衛門は言う。

「言葉遣いにも野卑なところはなかったし、身なりから立ち居振る舞いに到るまで、完璧に上流階級の人間だった。紅梅の後援者の中で一番若くて、人を魅せることにも長《た》けていて、だから……」

——だから、紅梅が恋に堕ちるのも無理はない。

紅梅は金で私娼《ロレット》になったのではない。ただ『辻野桐也』という紳士に恋をした。そして、気がついた時には、紅梅の胎内に小梅を宿していた。

「ところが、そのことが分かった途端、桐生荘八は紅梅のもとから逃げ出した。まあ、子供ができたとなれば責任を取るのが筋だし、そうなれば自分の素性がバレてしまうから、逃げるしかなかったんだろうねえ。彼奴を追って警察が来たのは、そのあとでね」

ふう、と由右衛門は大きな溜め息をつく。

真実を知り、ただ泣くだけの紅梅と、その紅梅を責め立てるだけの後援者達。

堕胎専門の医者を呼ぶも、紅梅本人が堕ろすことを嫌がり、結局、引退公演もないまま、紅梅は女優業を廃業した。

「過去のこととはいえ、うちの劇場での出来事じゃないですか。どうして今まで、俺や小梅の耳に入らなかったんでしょうか」

「偏《ひとえ》に、紅梅の後援者達が、ひとかたならぬ人物ばかりだったせいさ。大罪人と親しくしていたと世間に知れたら、己の名前に傷がつくからねえ。いろんなところに圧力をかけて、桐生荘八と辻野桐也が同一人物だという事実を揉み消してくれたんだよ」

上は腐ってますよ！と吐き捨てる相良に、うちは助かりましたがね、と由右衛門は苦笑を浮かべる。大北座の楽屋に出入りできるような上流階級の層とは、得てしてそういうものなのだ。

勿論、この事実を小梅は知らないし、今後も教えるつもりはないと由右衛門は言う。

そして、由右衛門はまた、燕石に視線を戻した。

「彼奴の紅梅に対する愛執ぶりを、私は間近で見て参りました。あの時と同じように、彼奴が別人に成りすまし、娘の小梅に接触してこないとも限りません。だから、燕石先生にお願いに上がったのです。一日でも早く彼奴を獄中に送り込めるよう、手助けをしていただきたい……と」

燕石は、黙禱のごとく閉じていた瞼を開いた。

そして僅かに逡巡したあと、小さな声で「――それは、警察の仕事です」とだけ言った。

「分かっております。しかし、桐生荘八は一筋縄で捕まえられる男ではありません。警察を信用していないわけではありませんが、燕石先生がお力を貸してくださるならば、彼奴の獄中行きも、より確かなものになるかと」

「桐生荘八と紅梅さんの関係については、以前より相良から伺っておりました。私も、身内を傷つけられ、殺害された身です。彼奴を憎んでおりますし、できることなら、この手で殺してやりたいとさえ考えたこともあります。しかし……」

燕石は、畳の上に両手をついた。

「――どうか、ご勘弁ください」

すると、相良が厳しい顔で、「そんな腑抜けたことを言わないでくれ」と燕石に詰め寄る。

「明日、桐生荘八が潜伏していた大阪の木賃宿から、彼奴が残していった手拭いや剃刀が警察に届くんだ。どうにか持ち出すから、浄天眼で手掛かりを」

しかし燕石は、相良の言葉など耳に入らぬ様子で「申し訳ありません」と再度、由右衛門に向かって頭を下げる。

「この度ばかりは、浄天眼を使いたくないのです」

「どうして」

「――見たくないからです」

燕石は、ゆっくりと頭を上げた。

「たしかに、私の浄天眼は、物から持ち主の記憶や思考を読み取ることができます。しかし、人の思考とは複雑に込み入ったもの。こちらがほしい情報を読み取るには、それ相応に探っていかなければなりません。まるで薄紙で作った分厚い綴りを捲るように、少しずつ古い記憶を覗いていかなければならないのです」

「それが面倒だ、と仰るのですか」

「いいえ、ちがいます。桐生荘八は大罪人です。彼奴は記憶の隅に追いやったつもりでいても、その犯した罪は、きっと頭の中の大部分を占めているはず。そして私は、彼奴の思考を探るために、彼奴の罪の全てを見ていかなければならないでしょう。――自分の身内が血の海の中で息絶える、その瞬間さえも」

ああ……と由右衛門は小さな唸り声を上げた。

「私には、耐えられません」

唇を噛み締める燕石の肩を、相良が叱咤するように大きく揺さぶる。

燕石の目は、微かに潤んでいるように見えた。

庭木を叩く雨脚が、よりいっそう強くなったような気がした。

やがて、由之助と相良を燕石の家に残し、由右衛門は大北座に戻っていった。

残された三人は、重い沈黙の中にいた。

「――由之助さんと小梅さんを劇場の外に出さなかったのは、桐生荘八の接触を恐れていたからだそうですよ」

雨音だけが耳に響くだけの部屋で、由之助に対し、ぼそぼそと相良が言う。

「桐生荘八は、平然と弱者を手にかける冷酷無比な男です。峯尾紅梅には並々ならぬ愛執を持っていましたが、だからといって、我が子に愛情を持てる男とも思えなかった。だから、とても外に出すことなどできなかったと、由右衛門さんは仰っていました」

そういえば、と由之助は数日前のことを思い出す。

あの時、由右衛門夫婦は、由之助と小梅が回向院の曲馬団に行くことを禁じた。あそこには警察が常駐していないからと。由之助はともかく、小梅になにかが及ぶかもしれないから、と。

――つまりそれは、どこに潜伏しているか分からない桐生荘八のことを言っていたのだ。

「相良さんと燕石は、全て知っていたんですね」

こくりと、ふたりは小さく頷く。

相良が、「私は大北座に出入りするようになってから、そして燕石には、私から話しました」と言う。「本当は、部外者に話すのは禁止なんですけどね」と続けた。

「どうして」

「だって、今さらじゃないですが。私は何度も、事件解決の手伝いを〝私の独断で〟燕石にさせてきました。それに、『つじのきりゅう』の件は、私にも燕石にも関わりがあること。私は被害者の遺族として、警察官として、一刻も早く彼奴を捕まえたい。だから、早い段階で燕石に話したのですよ」

「もしかして、俺に燕石の世話役を頼んだ理由って、本当は……」

すると、相良は不恰好に口の端を歪める。

「――それに関しては、なにも言うことはありません」

由之助の頭の中を、一石二鳥という言葉が過ぎる。

浄天眼のそばに置くに相応《ふさわ》しい、口が堅い大北座の人間だから。

事件を知る大北座頭取の跡取りだから。

「――そういうことだったんですね」

つぶやき、由之助は燕石を見た。

寝起きの燕石が戯れに由之助の頭の中を見ていたのは、本当は戯れでもなんでもなかった。戯れの振りをして、桐生荘八のことを探っていたのだ。

「どんなに頭の中を探られたって、俺は、本当になにも知らなかったんです」

「ああ、そんなもの、とっくの昔に分かってるよ。由之助もなにも知らなかったが、同じように小梅さんもなにも知らなかった。ふたりとも、由右衛門さん達に大切に育てられた『ただの子供』だった」

燕石に言われ、由之助は俯く。否定はできない。

たしかに自分達は、過去のことなどなにも知らない無知な子供だったのだ。

「なあ燕石。もう一度考え直してくれ。今まで分からなかった彼奴の潜伏先が分かったということは、彼奴がまた動き出したということだ。早くしないと、また被害者が出ることになるぞ」

じりじりと詰め寄る相良に一瞥をくれ、燕石は「それは警察の仕事だろ。勘弁してくれ」と再び視線を伏せる。

「なにが『勘弁してくれ』だ！　警察の手にも限界があるから、お前に頼んでるんじゃないか！　それに、お前は敵《かたき》を討ちたいとは思わないのか！」

「思わないわけないだろう。さっき由右衛門さんにも話したとおり、何度もこの手で殺したいと思ったさ。でも……無理なんだ。私はもう、なにも〝見たく〟ない」

「燕石！」

相良の怒声に、燕石の溜め息が重なる。

燕石は、振り絞るように言葉を返した。

「――お前に頼まれて、今まで浄天眼で何人もの屍体を見てきた。でも、桐生荘八の頭の中だけは駄目なんだ。本当は、お前だって知っているじゃないか。彼奴の記憶は、私の見たくないものが多過ぎる」

「この腑抜け！　臆病者が！」

「いいさ、なんとでも罵ってくれ。……ああ、そうか。これは〝報復〟なんだな。お前は、千代をここに連れて来た私を、いまだに恨んでいるんだ。だから……」

と、次の瞬間、振り上げた相良の拳が燕石の左頬を打った。

燕石の体は、詰まれた本の山を薙《な》ぎ倒して壁際まで飛び、慌てて由之助は「相良さん、やめてください！」とふたりの間に割って入る。

相良はチッと舌打ちすると、「今日のところは、由之助さんに免じて勘弁してやる。だが、次に私が来る時までに腹を括っとけ」と吐き捨てた。

「もう逃げるな。自分自身のために、浄天眼を使ってこの件を解決しろ」

そう言って部屋を出る相良を、「待ってください」と由之助は追いかける。ふたりの会話の端々が引っかかり、そして由之助の頭を混乱させた。

たくさんの屍体も、身内の死ぬ瞬間も見たくないという燕石の気持ちは理解できる。同じ立場なら、きっと誰だってそう言うだろう。

けれど相良は、それでも浄天眼を使わせたいという。しかも、ほかの誰でもない燕石自身のために。

それがなぜなのか、由之助には分からない。

――桐生荘八と燕石は、大罪人と被害者遺族というだけではなく、もしかしてなにかほかの関係があるのだろうか。

「相良さ……」

由之助が手を伸ばそうとしたその瞬間、横から出てきた細い手が相良の腕を摑んだ。

千代だった。

「このようなこと、おやめくださいませ」

相良に詰め寄るように、千代は言った。

「あんまりではありませんか。若旦那様が、お可哀想です」

「だったらどうしろと言うんだ？　お前のように、あいつの言いたいことを全て飲み込んで、ただ甘やかすだけが正しいことなのか？」

それは……と、千代は唇を嚙む。すると相良が、「お前が口を出す問題じゃない」と畳みかけるように言う。

「こんなにも近くにいて、燕石を慰めることもできないくせに」

千代の顔色が変わったのを、由之助ははっきりと見た。

ふたりとも、まるで別人のようだと、由之助は思った。


相良が出ていったあと、由之助は燕石の怪我の手当てをし、様子を窺いに大北座へ向かった。

なに食わぬ顔で劇場の仕事を手伝い、そのまま一泊することにしたのだが、由右衛門も初江もいつもどおりで、燕石の家で聞いた『つじのきりゅう』の話が、まるで夢の中の出来事のように感じられた。

――もしかして、初江はまだなにも聞かされていないのだろうか。

由之助はそう思ったが、勿論そんなわけはなく、夜更けに兄夫婦の部屋に呼ばれていくと、出迎えた初江に、「どうにか燕石を説得してほしい」と涙ながらに縋られた。

「小梅は私達が我が子同然に育ててきた娘ですよ。もし、あの子になにかあったら……」

泣き崩れる初江を、由右衛門が抱きかかえるようにしてなだめる。

由之助にとっても小梅は家族だ。桐生荘八との接触はなにがなんでも避けたいし、それ以前に、出生の秘密を小梅の耳に入れたくない。

けれど、だからといって、燕石に無理強いするのも辛い。

「なあ初江、相良さんだって頑張ってくれているじゃないか。大丈夫だ、燕石先生のお力を借りなくとも、警察が絶対に捕まえてくれるよ」

由右衛門の言葉に空元気を感じながら、由之助は、「兄さんの言うとおりですよ」と言うことしかできなかった。


由之助が燕石の家に戻ったのは、翌日の昼公演が終わったあとのことだった。

昨日の大雨とは打って変わり、空は見事な晴れ空だった。この空のように、燕石が元気を取り戻していてくれることを願いながら、由之助は燕石の部屋に向かう。

だが、世の中、そう都合よく事が進むはずもない。

燕石は昨日と同じように縁側でたそがれており、しかも相良に殴られて腫れ上がった頬は、今やどす黒く変色してしまっていた。

「痛そうですね」

由之助が言うと、「あいつ、現職警官のくせに本気で殴ってきたからなあ……」と燕石はつぶやく。

「飯はちゃんと食べましたか?」

「食べたよ。食べないと、一時間毎に部屋の前に握り飯がひとつずつ増えていくんだ。

こっちは殴られた頬が痛くて、口を動かすのも辛いっていうのにね」

さすがは千代だと由之助は思う。そうでなければ、この家の女中は務まらない。

「あの……それで、あれから相良さんは？」

「さて、来てないよ」

ふいっと目を逸らし、燕石は庭の景色に視線を馳《は》せた。

由之助は次の言葉を待ったが、しかし、そのあとはひと言も発せず、どこか気力さえも失っているように感じる。

「あの……」

「なあ、由之助」

「はい」

「お前に、話しておかなければならないことがあるんだ。でも、とても話し辛いことでね……」

やはり、今暫くは、そっとしておくべきか。

そう思い、由之助は自室へ引き上げるべく腰を上げる。と、玄関の方から、なにやら賑やかな声が聞こえてきた。

「ごきげんよう！」

スパン！と勢いよく襖が開き、まるで棒手振りの魚屋のように威勢のいい声を上げながら、翠子が室内に入ってきた。

おや翠子、と燕石が声を上げるより早く、「やだ、兄さんったら、なんだか顔色が汚いわ！」と翠子は目を丸くする。

「頬が黒くなってる！」

「ああうん、この黒いのは内出血というか、いわゆる痣《あざ》というものでね」

「光太郎兄さんから聞いたわ！　喧嘩の痣って、こんな色になるのね。私、殴り合いなんてしたことないから初めて見たわ」

この度の喧嘩は殴り合いではなく、燕石が一方的に殴られただけなのだが、この際、細かいことはどうでもいいだろう。

「いらっしゃい、翠子さん。相良さんに会ったんですか？」

由之助が聞くと、「ええ、一時間ほど前に」と翠子は答える。

「お遣いを頼まれたの。大急ぎで、これを兄さんに渡してほしいって言われたんですけど」

人遣いが荒いんだから、と言いながら、翠子は手にしていた大きな茶封筒を燕石に差し出す。

それは、不自然な厚みを持った茶封筒だった。

それがなんなのか、言われなくても察しはつく。おそらく中身は、桐生荘八が大阪の木賃宿に残してきたという手拭いと剃刀だろう。

「――すまないが、机の上に置いといてくれるかい？」

言われるまま、由之助は、翠子が差し出した茶封筒を文机の上に置いた。どうやら燕石は、件の物を入れた茶封筒さえ触る気になれないらしい。

「相良さんは、お忙しそうでしたか？」

由之助が聞くと、翠子は「ええ、とても」と答える。

「大昔の大悪党の、大捕り物をする準備をしなければならないんですって。でも、その前に、大悪党の居場所を正確に突き止めなきゃいけないとか言ってたわ。近いうちに大阪に行くらしいけど、この広い日本でたったひとりの誰かの居場所を突き止めるなんて、なんだか気の遠くなるような話ね」

そうですね、と由之助は頷き、同時に燕石は無言で俯いた。

と、翠子はツツと燕石ににじり寄り、

「ねえ兄さん。光太郎兄さんと、一体なにが原因で喧嘩をしたの？」

と聞く。

「さてね。くだらないことさ」

「くだらないことで頬が真っ黒になるもんですか。殴り合いをしたことのない私だって、そのくらいのことは分かりましてよ？」

ふふん、と得意満面の笑みを浮かべる翠子に、思わず燕石は苦笑いを浮かべる。

「お前には教えられないよ。男同士の喧嘩の内容は、女子供に話すべきものじゃないからね」

「千代は知ってるの？」

「勿論知らないよ。私が相良に殴られている時、千代は台所で、暢気《のんき》に握り飯を作っていたんだから」

当然、嘘だ。けれど翠子は、そんな空々しい燕石の言葉にも、「まあ、そう。千代が教えてもらってないんじゃ、私が教えてもらえないのも仕方ないわね」と、なぜか納得する。

「それで、光太郎兄さんとは、いつ仲直りするの？」

「あのね、翠子。そういうことは予定を組んでするもんじゃないだろう？」

「でも女学校の先生は『先のことを考えて行動するのは、とても大切なことです』って、いつも私に仰ってるわ」

「それは、お前の無鉄砲さ加減が目に余るからじゃないのかい？」

「まあ、そうだったの？　私、自分を無鉄砲だと思ったことはないけど、兄さんが言うのなら、そうかもしれないわね」

やれやれ、と嘆息する燕石に、思わず由之助は笑いを噛み殺す。おそらく翠子は、女学校でもこんなふうに無茶苦茶なことを言って、先生を困らせているのだろう。

けれど、こんな翠子の言葉さえ、今の燕石には癒しとなっている。燕石は久しぶりに穏やかな笑みを浮かべると、「頭を撫でてもいいかい？」と翠子に言った。

「勿論、よくってよ」

翠子はさらにツツツとにじり寄り、燕石に頭を差し出した。

燕石は、その大きな赤いリボンが飾られた頭に、ポンと右手をのせる。が、次の瞬間、渋い顔で翠子を見つめた。

「――お前ね、ここぞとばかりに、腹の中で『バーカバーカバーカ』と連呼するのはやめなさい」

「うふふ」

ひとしきり大笑いをすると、翠子は「光太郎兄さんのお遣いも終わったことだし、私、そろそろ帰るわね」と立ち上がった。

「じゃあ、俺、家まで送りますよ」

由之助も立ち上がると、「いや、待ってくれ」と、なぜか燕石が由之助を引き止める。

「ちょっと話したいことがあるんだ。翠子、ひとりで帰れるね？　暗くならないうちに、できるだけ人通りの多いところを歩くんだよ？」

「嫌だわ、私、赤ちゃんじゃないもの。そのくらい分かってます。兄さんこそ、ちゃんと光太郎兄さんと仲直りするって約束してね？　約束を破ったら、千代を返してもらいますからね？」

はいはい、と返事をして、燕石は右手をひらひらさせる。翠子も同じように右手をひらひらさせると、満足そうに部屋をあとにした。

「それで、俺に話ってなんですか？」

翠子のいなくなった部屋には、奇妙な静寂が残っていた。それを破って由之助は口を開いた。

「うん、まあ……」

決心が固まったのかと思いきや、しかし、その歯切れは悪い。

由之助は「別の日に改めましょうか」と言う。すると、燕石は、「ああ、いや、大丈夫だ」と重そうに口を開く。

「実を言うとね、ここ数日、お前に話すべきかどうか、ずっと悩んでいたんだ。なにも言わない方がいいのかもしれないとも思ったが、今後のことを考えると、やはり話しておいた方がいいような気がしてね」

「はい」

「ほかでもない『つじのきりゅう』のことなんだが……」

そう言うと、燕石は真っ直ぐに由之助を見つめた。

「ここから先は、私と、相良と、千代しか知らない秘密の話だ。だから、絶対に他言しないと約束してほしい」

それは、今までに見たことのない燕石の真剣な表情だった。

「分かりました」

由之助が答えると、燕石は居住まいを正し、顔をきつく強張らせた。

「桐生荘八は、金ほしさにたくさんの人間を斬り殺した。それはまちがいじゃない。でも……実は、たったひとりだけ、その辻斬りから生きて逃れた人間がいるんだ」

驚いて由之助が身をのり出すと、燕石はいったん瞼を閉じ、そして、振り絞るように言葉を発した。

「それは……私と翠子の母親だよ」

「……！」

驚きのあまり声が出ない。

警察も知らない話だよ、と燕石は続け、「ああ、相良は警察官だったな」と暗い顔で自嘲する。

まるで白昼夢の中で声を聞いているようだった。

「どういうことですか？」

由之助が問うと、燕石は「生きて逃れたと言っても、決して無事ではなかったからだよ」と言った。


遡ること十六年前。

燕石の母方の遠縁にあたる静子が、桐生荘八に斬り殺された。

当時、燕石と相良は十歳だった。

どれほど残忍に斬りつけたのか、静子の遺体の損傷は激しく、子供だった燕石と相良には死に顔さえ見せてもらえないほどだった。

長く湿っぽい葬列のあと、燕石と父は自宅へと帰った。

母は静子の家に残り、親戚達と葬儀のあと片付けを手伝うことになった。

静子と姉妹のように仲がよかった母の悲しみようは、子供の燕石の目から見ても痛々しいものだったらしい。

「私の母は情の深い人でね。浄天眼なんて煩わしいものを持った私を厭《いと》うことなく、いつも優しく抱き締めてくれる人だった。その頃はまだ千代もいなくて、私は学校に行くことも許されていなかったから、私の世界の全ては、母と共にあるようなものだったんだよ」

仕事に忙しい父は帰宅早々、燕石に留守番を頼んで燕柳館に行ってしまった。子供だった燕石にとって、母のいない時間は寂しく、心細く、退屈なものだった。

ようやく母が帰ってきたのは夜の十時を回った頃で、燕石は喜び勇んで母に抱きついた。

……けれど、それは大きな過ちだった。

「私は馬鹿だったんだ。母の帰宅が遅くなった理由を知りたくて、つい、母の記憶を覗き見てしまった」

「記憶って、なにを見たんですか」

「それは……」

すると、燕石は微かに唇を痙攣《けいれん》させた。躊躇《ためら》うように視線を揺らし、そして、ゆっくりと言葉を吐き出した。

「――見知らぬ男に乱暴される、母の姿を……」

まだ街灯もまばらな薄暗い道を、母は随伴者もつけずに急ぎ足で歩いていた。

燕石と静子の家は、そんなに遠くない。燕石の母は家で留守番をしている息子が心配で、静子の家が用意するといっていた随伴者の申し出を断り、時間を惜しむように夜の帰路についたのだ。

路地の辻に差しかかった時、突然、男が飛び出してきた。長い刃物のような物を持ったその男は、桐生荘八だった。

「彼奴の目的は金だからね。金持ちの娘の葬式には、同じように金を持った親戚が集まると考えたんだろう。随伴者もつけずに夜道を歩く母は、彼奴にとって恰好の獲物だったんだ」

突きつけられた刃物を前に、母は「殺さないで」と命乞いをした。「お金なら幾らでも出すから」と。「自分には、親の手が必要な〝不治の病〟の息子がいるから」と。

いつもなら命乞いなど無視する桐生荘八だったが、この日ばかりは少しちがった。おもむろに刃物を鞘《さや》に収めると、「殺さない代わりに口止めをする」と言って、母を近くの空き家に連れ込んだ。

そこから先には、人としての尊厳などなかった。

それは燕石の母にとって、解き放たれることのない苦しみの始まりだった。

「……今でも、親不孝なことをしてしまったと後悔しているよ。私が〝見て〟しまったことに気づいた母は、私を突き飛ばし、風呂場に篭った。私は風呂場の戸の前で何度も謝罪したが、母はなにも答えてはくれなかった。ただひたすら鬼のような形相で、汚れた体に冷たい水を浴び続けていたよ」

幼い燕石は泣き、母も泣いた。

桐生荘八に乱暴されたという事実が誰かに知られることはなかったが、しかし、その日から燕石と母親の距離は遠いものとなった。

そして数ヶ月後、母の様子がおかしくなった。

胎の中に子供が――翠子がいることが分かったのだ。

「ま、待ってください！　それって……！」

「うん、まあ、そういうことだね」

弱々しく燕石は微笑む。

生まれたばかりの、年の離れた小さな妹。

妹は、母にそっくりだった。いや、母に〝だけ〟似ていて、なんだか薄気味悪いほどだった。

父も、親戚も、本当のことはなにも知らない。誰もが小さな命を祝福していた。だから燕石も祝福し、受け入れることにした。

きっと母が、そうすることを望むだろうと思ったから。

そうすることが、母の尊厳を守ることになるだろうと思ったから。

「で、でも、翠子さんが桐生荘八の子供だっていう決定的な証拠はないじゃないですか」

「ああ、証拠はないよ。でもね、母親ってのは、自分の産んだ子がどの男の子供なのか、ちゃんと分かるもんらしいんだよ」

「お母上がそう仰ったんですか?」

「まさか、そんなこと口にするわけがないさ。でもね、私には母の心が見えるんだよ。母の持ち物に触れることさえできれば……ね」

そうか浄天眼か、と由之助は気づく。母親に距離を置かれた燕石は、その寂しさから、こっそりと母の心を覗き見ていたのだ。

馬鹿なことをしたねえ、と燕石は自嘲する。

「まあ、受け入れてしまえば不思議なもので、最初は薄気味悪く思えた翠子も、だんだんかわいく見えてきたんだよ。たとえ半分でも、自分と血の繋がった妹だからだろうね。

ところが……去年のことだったかな、相良に聞いて驚いたよ。まさか、もうひとり、私に〝血の繋がらない妹〟がいたなんてね」

――つまり、それは。

「それじゃあ、時々、俺の頭の中を見ていたのは……」

「ああ。――あの子はいい子だね。父親にまったく似ていない。きっと、由右衛門さんご夫婦に育てていただいたお陰だね」

燕石は、桐生荘八のことを探っていたのではなかった。翠子と半分だけ血の繋がった、小梅の成長を見ていたのだ。

憎い怨敵の娘なのに、不思議と小梅が愛しく思えた。それは、小梅の中に翠子の面影を見たからというだけではない。きっと、桐生荘八とは無関係な、真っ直ぐな愛情の中で育てられたからなのだろうと、燕石は言った。

本当の父親を知らない、ふたりの妹。

けれど燕石は、それでいいと思っていた。太陽の下を歩くことのできない大罪人なんて、どうせいつかは人知れず野垂れ死にするに決まっている。

娘達に罪はない。そんな男のことなんて、ふたりは知らない方がいい。これからも幸せに暮らしてくれれば、それでいい。

それなのに。

長い年月を経て、事態は燕石が望まぬ方向に動き出した。

「残酷だよねえ」

燕石は言う。

相良が逃げるなと言ったのは、このことだったのかと、改めて、由之助は気づく。

相良は燕石の母のため、妹のため、そして内に抱え込んだ寂寥の思いを晴らすために、自らの浄天眼で怨敵を討てと言っていたのだ。

「神様っていうのは、なんでこんなに酷いことをするのかね」

「あの……相良さんと千代さんには、いつ、翠子さんの出生の秘密を話したんですか？」

「私が十五か十六か、そんな年の頃だったかなあ。……なんというか、私も、ひとりで抱え込むのが辛くなってしまった時があってね。あの時は三人で大泣きしたなあ。まあ、そういうきっかけもあって、千代は私についてきてくれたんだろうし、相良は警官になる道を選ぶことになったんだが」

「そうだったんですか」

「母や翠子のことを思うなら、本当は墓場まで持っていかなきゃいけない秘密だったんだけどね。結局のところ、私は心細かったんだよ。それで、誰かに同情してほしかったんだ」

燕石は、己を嘲るようにして笑う。

「すまないね、由之助。本当のことを言うと、私は、年若いお前にも同情してほしいと思ってるんだよ」

そして、ひと息にこう言った。

「私を哀れに思うなら、どうか助けてやってくれないか。そして、〝私の妹達〟を支える手助けをしてやってくれないか」

縁側から差し込む夕陽が、燕石の黒く腫れ上がった頬を照らしていた。

その侘しげな光の色は、まるで燕石の心を映しているように感じられた。

胸を締めつけられるような哀しみを覚えつつ、由之助は、「――はい」と、大きく頷いた。

隣室に夕餉の用意ができると、燕石は久しぶりに、膳を前に食事を摂った。

曰く、「どうせまた何日も寝ることになるんだから、今のうちに食べておかないとねえ」ということで、つまりは、ようやく浄天眼を使う覚悟を決めたらしい。

「あの……前から思ってたんですけど、人に触れて浄天眼を使う時はなんともないのに、どうして物に対して浄天眼を使う時は、長い睡眠が必要になるんですか？」

「不思議かい？」

ふふふ、と燕石は笑う。

「まあ、それに関しては、私自身も不思議に思ってるんだけどね。どうやら、時間の流れがちがうようなんだよ」

「どういうことですか？」

「前にも言ったことがあると思うが、人に触れて見る浄天眼は、自分の目で物を見ているのと同じ感覚なんだ。でもね、物に触れて見る浄天眼は、感覚がまったくちがうんだよ。おそらく由之助には、私が物に触れて、一瞬で記憶や思考を読み取っているように見えるんだろうが、実際は、不眠不休で分厚い綴りを読み続けているようだったり、酷い時は、他人の記憶の中を止まることなく何日も歩き続けているような感じだったりするんだ」

ええ、と由之助は驚く。

燕石はいつも「見る」という簡単な言葉を使っているが、その内容は、あまりにも荒唐無稽だ。

「そんなの、普通なら死んでしまう状況じゃないですか」

「そうだよ。だから私は、浄天眼を使い終わると、疲れて眠りこけてしまうんだ。それなのに、相良はまったく理解してくれようとしなくてねえ。毎度、当たり前みたいに、私のところに厄介事を持ち込んでくるんだ。……といっても、そのお陰で、私は自分の浄天眼を、必要以上に厭わずに済んでいるところもあるのだけどね」

ふと、由之助は気づく。

——きっと、それは、相良の優しさなのだ。ずっと燕石の心を苛め続けていた浄天眼も、誰かのためになっていると思えば、そこまで厭わしいと思わなくなる。それが普通の人間では救えない哀しい事件や事故を解決する手助けになるとあれば、なおさらのこと。

「あの……今回の件ですが、燕石はどうして今頃になって、桐生荘八は動き出したんだと思いますか？」

「まあ、単純に考えれば、金が底をついたってとこじゃないかねえ」

空になった膳の上に箸を置き、燕石は答える。

「表舞台から姿を消したあと、桐生荘八は事件らしい事件を起こしていない。おそらく軽業一座の潤沢な隠し金を持っていたからだと思うが、しかし、あれからもう十六年だ。貧民窟や安い木賃宿に身を潜めていたとしても、必ず金は減っていくもんさ」

「では、また人を殺して、金を奪うということですか？」

「そうかもしれないし、そうじゃないかもしれない」

「と、言いますと？」

「たとえば……そう、強請りタカリとかね」

あれは継続的に金を引き出せるからねえ、と言いながら、燕石は湯飲みに手を伸ばした。

「基本中の基本だよ。ほら、芝居にもよく出てくる台詞があるだろう？『金を出せ、さもなくば秘密を暴露するぞ』ってやつ。まあそうだなあ……まず標的として考えられるのは、暴行された私の母親と、小梅さんの出生を隠している由右衛門さん辺りかな。もしかしたら、ほかにもいるかもしれないが」

「そんな！　酷いじゃないですか！」

いきり立つ由之助に、「そう、酷いんだよ。だから彼奴は大罪人なのさ」と、燕石は口の端を歪める。

普通に生きている赤の他人を自分のために犠牲にするなんて、あまりにも残酷だと由之助は思う。けれど、これが現実なのだ。新しい被害者を出すにしろ、過去の被害者をさらになぶるにしろ、桐生荘八が動いたということは、また誰かが苦しみ、悲しまなくてはならないということなのだ。

「さて、そろそろ始めようか」

ゆるりと、燕石が立ち上がった。

「相良さんを呼ばなくてもいいいんですか？」

慌てて由之助が聞く。

すると、燕石は腫れた左頬をさすり、「うん……まあ、いいんじゃないのかい？」と半疑問形で言葉を返した。

「とりあえず、私の言葉を正確に伝えておくれ。今はまだ、気まずいというか、あいつと顔を合わせたくないんだよ」

それも致し方ないことか、と由之助は納得する。

隣室に移ると、由之助はすぐに天井吊りの室内灯に明かりを点《とも》した。続けて文机の上から茶封筒を取り、それを、部屋の真ん中に座った燕石に渡す。

燕石は無言で封を切ったが、中身を見るなり、「ああ、これは酷いねえ……」と小さなぼやき声を上げた。

「もう少しまともな品なら、こちらも楽に浄天眼が使えるんだが」

封筒の中にあったのは、破れて廃棄されたのであろう手拭いと、錆びて刃が駄目になった剃刀だった。同じボロボロでも鶴田屋の志乃が残した椿柄の片袖とちがい、こちらはどう見ても桐生荘八の感情が込められたものとは言いがたい。

「まともに使えるかどうか分からないが、まあ仕方ない。やってみるか」

「あ、ちょっと待ってください」

ゴミ同然の手拭いに手を伸ばそうとする燕石を、由之助はいったん止める。

「なんだい？」

「燕石が浄天眼を使い始めると、こちら側から見るにはあっという間のことなので、なにも手助けすることができません。なので、先に言っておきます。……決して無理はしないでください。辛くなったら、すぐにこっちに戻ってきてください」

「しかしだね」

「相良さんがなにか言ったら、俺が燕石の代わりに言い返します。だって……燕石だって、桐生荘八の被害者なんですから」

燕石はやにわに表情を崩した。そして、小さな声で「ありがとう」と言った。

締め切った縁側の向こうから、夜気に紛れるような犬の遠吠えが聞こえる。

それを合図とするかのように、燕石は手拭いと剃刀を両手に持った。

ゆっくりと、燕石が目を閉じる。

——浄天眼の目には、一体どんな光景が見えているのだろう。

微動だにしない燕石を見ながら、由之助は思う。

この手拭いと剃刀から、こちらの望むものが見つかるとは限らない。それでも燕石は、己の心を擦り減らしながら見ている。

悪徳に塗《まみ》れた桐生荘八の記憶の中を、長い長い時間をかけて歩いているのだ。

すると、急に燕石が目を開けた。

「大丈夫ですか？」

由之助が声をかけるや否や、燕石は「う」と濁った呻き声を上げて、自分の口に手を当てた。

慌てて由之助は「待ってください！」と叫び、部屋を飛び出す。

大急ぎで風呂場から真鍮の洗面器と手拭いを持ってくると、間一髪、燕石はその洗面器の中に吐瀉物を吐き出した。

饐《す》えた臭いの立ち込める中で、燕石は喘《あえ》ぐように「すまない」と言いながら、息荒く肩を上下させる。

状況を察した千代が、水と白湯を持ってきてくれた。由之助がそれを背面で受け取ると、燕石は水で口をすすぎ、白湯で胃の腑を落ち着かせた。

けれど、その呼吸は、まだ荒い。

首尾よく浄天眼が使えたのはいいが、きっと想像を絶するものを見てしまったのだろう。

「夕餉のあとだというのに……私としたことが使い時をまちがえちまったようだねえ……」

燕石は憔悴しきった顔でぼそぼそとつぶやく。

「す、少し休みますか？」

「あ、いや、すまん、大丈夫だ。それより時間がない。私が言うことを今すぐ相良に伝えてほしい」

言いながら、燕石は手拭いで自分の口元を拭った。

「――桐生荘八が動き出したのは、金目当てじゃなかった」

「じゃあ、なにが目的なんです？」

「それは……」

血走った燕石の目が、動揺に揺れる。

「――小梅さんの、命だ」


（下巻に続く）

この物語はフィクションです。
実在の人物、団体等とは一切関係がありません。
刊行にあたり『第2回お仕事小説コン』グランプリ受賞作品、
『浄天眼のお世話役』を改題・加筆修正しました。

■参考文献

『明治物売図聚』　三谷一馬（中央公論新社）

一色美雨季先生へのファンレターの宛先

〒101-0003　東京都千代田区一ツ橋2-6-3　一ツ橋ビル2F
マイナビ出版　ファン文庫編集部
「一色美雨季先生」係

Fan
ファン文庫

浄天眼謎とき異聞録　上

～明治つれづれ推理《ミステリー》～

2016年12月20日　初版第1刷発行

著　者　一色美雨季
発行者　滝口直樹
編集　水野亜里沙（株式会社マイナビ出版）　鈴木希
発行所　株式会社マイナビ出版
〒101-0003　東京都千代田区一ツ橋2丁目6番3号　一ツ橋ビル2F
TEL 0480-38-6872（注文専用ダイヤル）
TEL 03-3556-2731（販売部）
TEL 03-3556-2733（編集部）
URL　http://book.mynavi.jp/

イラスト　ワカマツカオリ
装　幀　AFTERGLOW
フォーマット　ベイブリッジ・スタジオ
DTP　株式会社エストール
印刷・製本　図書印刷株式会社

ISBN978-4-8399-6144-2
Printed in Japan